위대한 유산

2

일러두기

- 이 책은 Charles Dickens, 『*Great Expectations*』(Project Gutenberg, 2008)를 참고했습니다.

큰글자 세계문학컬렉션

22

위대한 유산 2

찰스 디킨스 지음 ㅣ 진형준 편역

살림

위대한 유산 2 차례

위대한 유산 1 차례

제
2
권

제3부

1

나는 이제 스물세 살이 되었다. 내가 누구에게, 어떻게 유산을 받게 되었는지 아무것도 알지 못한 채 스물세 번째 생일을 보낸 것이다. 나와 허버트는 이미 1년 전부터 바너드 기숙사를 떠나 템플지구로 옮겨 살고 있었고 우리의 셋집은 템스강가 아래 가든 코트에 있었다. 나와 허버트는 아파트의 제일 꼭대기 층에 세 들어 살고 있었다.

포킷 씨는 이제 나의 가정교사가 아니었지만 우리는 돈독한 관계를 그대로 유지하고 있었다. 나는 여전히 안정적이지 못한 생활을 하고 있었지만 독서에 취미가 있었기에 하루의 대부분을 책을 읽으며 보냈다.

그러던 어느 날이었다. 허버트는 일이 있어 프랑스 마르세유로 출장을 가고 없었다. 막대한 유산이라는 행운에 취해 몇 년을 보내다 보니 이제 나는 매일매일이 불안했다. 늘어나는 빚 때문이 아니었다. 그런 정도 빚이야 유산이 해결해주리라 믿고 있었기에 크게 걱정하지 않았다. 문제는 도대체 언제 그 유산이 내게 들어올 것인지 내가 전혀 짐작도 할 수 없다는 데 있었다. 내 앞길이 탁 트일 날을 이제나저제나 하며 기다린다는 것은 희망보다는 불안감을 내게 심어주었다.

그날도 나는 불안한 가운데 하루를 보냈다. 허버트도 곁에 없는데다 날씨마저 우중충했다. 그러더니 폭풍이 불어오다가 비가 내리고 그러다가 다시 폭풍이 불었다. 거리는 온통 진창, 그리고 또 진창투성이였다.

11시쯤 되었을까, 나는 시계를 탁자 위에 올려놓고 책을 읽고 있었다. 곧 책을 덮고 잠자리에 들 생각이었다. 그때였다. 바람소리 속에 희미하게 누군가 계단을 올라오는 발소리가 들렸다. 나는 고개를 갸우뚱하며 등불을 들고 어두운 계단 꼭대기에 섰다. 아래 있던 사람이 내 등불을 보고 멈추어 섰다. 모든 게 정적에 휩싸여 있었다.

"거기 누군가 있는 거예요?" 아래를 내려다보며 내가 큰 소리로 외쳤다.

"그렇소." 어둠 속에서 목소리가 들렸다.

"몇 층에 찾아오신 건가요?"

"꼭대기 층이요. 미스터 핍을 찾아왔소."

"그건 내 이름인데요."

남자가 위로 올라왔다. 나는 그가 움직이는 대로 등불을 비춰주었다. 짧은 순간 그의 얼굴이 불빛 안에 들어왔다. 그 생면부지의 얼굴은 내 쪽을 올려다보며 감동을 받아 기뻐하고 있는 것 같았다.

그가 올라오는 동안 등불을 비춰주며 나는 그가 아주 험하게 옷을 입은 예순 살가량의 노인이란 것을 알 수 있었다. 머리카락은 잿빛이었으며 피부는 구릿빛으로 매우 단단해 보였다. 그가 계단 끝까지 올라오자 내가 물었다.

"그런데 무슨 일로 오셨는지요?"

"무슨 일? 아하, 그렇군. 만약 허락해준다면 내가 설명을 해주겠소."

"집 안으로 들어오시길 원하시나요?"

"그렇소."

나는 그에게 다소 불친절하게 대했다. 나를 찾아온 사람에게 집안으로 들어올 생각이냐고 묻는 것 자체가 예의가 아니었다. 나를 알아보겠다는 듯 뿌듯해하며 환하게 웃고 있는 그의 모습에 왠지 모르게 화가 났기 때문이다.

방으로 들어서자 그는 여전히 감탄하는 표정으로 사방을 둘러보았다. 그는 투박한 외투와 중절모를 벗었다. 그러자 이마에 주름이 깊게 파인 대머리가 드러났다. 잿빛 머리칼은 양옆에만 나 있었다. 어리둥절해 있는 내게 그가 두 손을 내밀자 나는 뒤로 물러났다.

"도대체 무슨 일인데 이러시는 거지요?" 나는 여전히 미심쩍어하는 표정이었다.

"이 순간을 학수고대해온 사람에게는 참으로 실망스러운 발언이군. 게다가 내가 얼마나 멀리서 왔는데. 하지만 그렇다고 신사분을 비난하지는 않겠소. 조금만 참고 기다려주시오."

그는 난롯불 앞에 놓여 있는 의자에 앉더니 두 손으로 이마를 감쌌다. 나는 날카롭게 그를 주시하고 있었다. 하지만 여전히 그가 누구인지는 알 수 없었다.

그가 어깨 너머로 뒤를 돌아보며 말했다.

"근처에 아무도 없겠지?"

"이런 밤늦은 시각에 남의 집에 찾아와 그런건 왜 묻는 겁니까?"

내가 약간 높은 목소리로 말하자 그가 고개를 들어 나를 바라보았다.

"대담하군, 대담해. 당신이 그렇게 대담하게 커줘서 정말 기쁘오. 하지만 나를 너무 그렇게 닦달하지 말게. 나중에 후회할지도 몰라."

순간 나는 내 질문의 답을 스스로 찾을 수 있었다. 그의 얼굴을 알아보았던 것이다! 그간의 세월들, 그간에 일어났던 사건들이 그를 다른 사람으로 만들었다 할지라도, 나는 그를 단번에 알아보았다. 그가 자기가 누구인지 알려주려고 주머니에서 줄칼을 꺼낼 필요도 없었고 목에서 자기 목도리를 풀어 자기 머리에 비틀어 맬 필요도 없었다.

그는 내가 서 있는 곳으로 다가와 다시 두 손을 내밀었다. 나는 어찌할 바를 모르고 그냥 그의 두 손을 어정쩡하게 잡고 말았다. 그는 진정으로 뜨겁게 내 손을 잡더니 자기 입으로 가져가 입을 맞추었다.

"애야, 넌 그때 정말 고결한 행동을 한 거다. 정말 고결했어. 난 그걸 결코 잊지 않았단다, 핍."

그가 갑자기 나를 껴안으려 하자 나는 그를 뿌리치고 물러서며 말했다.

"이러지 마세요. 내가 어린 꼬마 때 한 행동 때문에 고마워서 이러시는 거라면……. 좋은 뜻으로 오신 거니 당신을 쫓아내지는 않겠어요. 하지만……."

"하지만 뭐냐?"

"그때하고 지금은 너무나 달라요. 그때와 같은 관계를 다시 맺고 싶지는 않아요. 당신이 개심을 해서 이렇게 자유의 몸이 된 게 너무 기뻐요. 이렇게 그때의 고마움을 잊지 않고 찾아준 게 나도 고마워요. 하지만 우리는 갈 길이 너무 달라요. 저런, 몸이 젖어 있네요. 떠나시기 전에 뭘 좀 마시겠어요?"

그는 목도리를 느슨하게 풀더니 말했다.

"그래, 떠나기 전에 꼭 마시고 가야겠다."

나는 그에게 럼주와 뜨거운 음료를 만들어주었다. 나는 손을 떨지 않으려고 애를 썼다. 내가 그에게 잔을 건넸을 때 나는 놀랐다. 그의 눈에 눈물이 그렁그렁했던 것이다.

"제가 너무 심한 말을 했지요? 너무 섭섭하게 생각하지 마세요. 자, 당신의 건강과 행복을 위해 건배해요."

나와 그는 잔을 부딪쳤다.

내가 그에게 물었다.

"어떻게 생활하고 계신가요?"

"신세계로 가서 목축업도 하고 여러 사업도 했다. 폭풍이 몰아치는 바다를 건너 수천 킬로는 가야 하는 곳이지."

"성공하셨나요?"

"성공했지. 같이 간 사람들 중에 성공한 사람들이 많이 있지만 그 누구도 나만큼 성공한 사람은 없다. 덕분에 나는 그곳에서 아주 유명한 사람이 됐다."

"정말 잘됐네요. 너무 기쁜 일이에요."

"네가 그렇게 말해주니 나도 기쁘다."

그때 불현듯 옛날 일이 하나 생각났다. 내가 그에게 물었다.

"옛날에 제게 심부름꾼 한 명을 보내셨지요? 줄칼을 쥐어주면서. 그 사람 다시 보셨나요?"

"아니, 본 적 없다. 그럴 처지도 아니었고. 그가 석방되는 길에 내가 부탁한 거고 나는 계속 감방에 있었으니까."

"그 사람 제대로 심부름을 했어요. 내게 1파운드 지폐 두 장을 갖다 주었어요. 가난한 꼬마에게 정말 큰 재산이었지요. 저도 그 이후 당신처럼 성공했어요. 자, 그 돈을 갚아드릴게요. 다른 꼬마에게 그 돈을 쓰시면 될 거예요."

나는 지갑을 꺼내 빳빳한 1파운드 지폐 두 장을 꺼내 그에게 주었다. 그는 지폐를 받더니 그것들을 한데 꼬아서 등불에 대고 불을 붙여버렸다. 그리고 재를 쟁반에 던져버렸다.

그가 미소인지 찡그림인지 모를 묘한 표정을 지으며 내게 말했다.

"내가 감히 물어봐도 될까? 너와 내가 그 황량한 습지에서 몸을 벌벌 떨었던 그날 이후 네가 어떻게 이렇게 성공했는지?"

"어떻게 성공했냐고요?"

"그래."

그는 계속해서 나만 쳐다보고 있었다. 갑자기 내 몸이 떨려왔다. 나는 우물우물 약간의 재산을 물려받게 되었다고 대답했다.

그가 다시 말했다.

"나 같은 사회의 해충 같은 자가 그게 어떤 재산인지 물어 봐도 될까?"

나는 더듬거리며 우물우물할 수밖에 없었다.

"네가 성년이 된 후 받게 된 수입을 내가 짐작해봐도 될까? 첫 번째 숫자가 5가 아닌가?"

나는 심장을 쿵쾅거리며 의자에서 일어났다. 나는 의자 등 받이에 손을 올려놓고 그를 노려보았다.

"네 후견인 이야기를 해볼까? 네가 미성년자일 때 분명 후 견인 비슷한 사람이 있었겠지. 아마 어떤 변호사겠지. 그 사람 이름이 혹시 J로 시작되지 않나? 혹시 재거스인지도 모르지."

그의 말 몇 마디에 나에 대한 모든 진실이 섬광처럼 단번에 밝혀졌다. 나는 숨이 막힐 지경이었다. 아아, 이 어마어마한 실망과 불명예!

"그럼 이런 설명은 어떨까? 그 변호사를 고용한 사람이 오 늘 배로 포츠머스에 내렸고 너를 보고 싶어 했다고 말이다. 포 츠머스에서 편지를 써서 네 주소를 알아냈다고 하면 안 될까? 그 편지를 누구 앞으로 보냈더라? 그래, 웨믹이었지, 아마."

나는 단 한 마디도 할 수 없었다. 나는 한 손은 의자 등받이에 한 손은 가슴에 댄 채 서 있었다. 나는 그를 쏘아보며 서 있다가 두 손으로 의자를 꽉 붙잡아야만 했다. 온 방이 파도처럼 빙빙 돌기 시작한 것이다. 그가 나를 소파에 앉히더니 그 몸서리쳐지는 얼굴을 내게 바싹 갖다 댔다.

"그래. 핍, 이 꼬마야, 내가 그 모든 걸 다 한 거다. 내가 너를 신사로 만든 거다. 난 그때 습지에서 맹세했다. 내가 혹시 1기니라도 벌게 되면 그 돈이 모두 네게 가게 할 거라고. 혹시 내가 부자가 된다면 너를 부자로 만들 거라고. 착한 마음에서? 네게 보은을 하려고? 아니다. 그 거름더미에서 쫓기던 내가 당당하게 신사를 만들어냈다고 외치기 위해서였다. 하늘 높이 자랑하기 위해서였다. 그리고 내가 만든 그 신사가 바로 너다, 핍!"

나는 그 어떤 야수 앞에서보다 더한 증오와 공포, 혐오감을 느꼈다.

그가 계속 말했다.

"나를 봐라, 핍. 내가 네 두 번째 아버지다. 넌 누구보다 소중한 내 아들이다. 온갖 고생을 하면서도 나는 네 얼굴만 생각했다. 그 옛날 습지에서 너를 보았을 때보다 더 또렷하게 나는 너를 보고 또 보았다. 네 얼굴은 단 한시도 내 곁을 떠난 적이 없었다. 그때마다 나는 맹세했다. '하느님, 제가 자유의 몸이 되어 부자가 되고 나서도 그 애를 신사로 만들지 않는다면 제게 벼락을 내려주십시오.' 마침내 나는 그 일을 완수했다. 자, 여기 네 집을 봐라. 신사가 살기에 흡족한 집이지? 이제 넌 신사다. 그래, 넌 귀족들과 어울리며 돈 자랑을 해라. 그래서 그들을 까뭉개라."

그는 도취감에 젖어 계속했다.

"내가 들어올 때 책을 읽고 있는 중이었지? 책들이 정말 많구나. 수백 권은 되겠어. 그래, 네가 내게 저 책들을 읽어주겠지? 제대로 이해하지 못하더라도 나는 자랑스러워할 거다."

그가 또다시 내 손을 그의 입술로 가져갔다. 그러나 내 피는 차갑게 얼어붙어버렸다. 그가 너무 진지했기에 더 무서워 보였다.

"넌 아무 말도 말아라. 이런 일을 나처럼 천천히 준비해온 게 아니니 놀라는 게 당연하지. 하지만 얘야, 이런 일이 벌어지면서 내 생각은 조금도 안 한 거니? 혹시 내가 아닐까 의심도 안 해봤니?"

"아, 아니오. 단 한 번도 안 해봤어요."

"그래 좋다. 이제 그게 바로 나였다는 걸 알겠지? 오로지 나 혼자 한 일이라는 걸 알겠지? 나와 재거스 씨 외에 이 일에 끼어든 사람은 단 한 사람도 없다."

아아, 이 무슨 불행이란 말인가! 내가 행운이라고 생각했던 것이 벼락이 되어 나를 내리치고 있었다. 오오, 나는 얼마나 큰 착각에 빠져 있던 것인가! 내게 이런 행운을 갖다준 사람이 미스 해비셤이라고 생각하고 있었다니! 아아, 차라리 나를 그냥 대장간에 살게 해두었더라면! 그랬다면 지금보다 훨씬 행복했을 것을!

그러나 그는 내 마음과는 상관없이 자기도취의 말을 계속했다.

"내가 말을 몰고 가는 놈들의 흙먼지를 뒤집어쓴 채 열심히 일하면서 그들 등 뒤에 대고 뭐라고 말했는지 아느냐? '이놈들아, 나는 너희 놈들이 도저히 흉내도 낼 수 없는 훌륭한 신사를 길러내고 있어. 네놈들은 죽었다 깨어나도 그런 신사가 못 될 거다'라고 말했지. 내가 성공한 후에 내 등 뒤에 대고 '저놈은 얼마 전까지만 해도 죄수였던 놈이야'라고 속닥거리면 내가 스스로에게 뭐라고 말했는지 아느냐? '그래, 나는 죄수였다. 일자무식일 뿐 신사와는 거리가 멀다. 하지만 이놈들아, 나는 신사를 소유한 주인이다. 네놈들은 가축과 땅을 가지고 있지. 하지만 신사를 갖고 있는 놈 있으면 어디 나와봐라!' 라고 속으로 외쳤다."

그는 내 어깨에 손을 얹었다. 어쩌면 피에 젖은 손인지도 모른다는 생각에 진저리를 쳤다. 하지만 그는 아랑곳 않고 말을 계속했다.

"얘야, 그곳을 떠나는 일은 정말 쉽지 않았다. 멀기 때문만은 아니었다. 나는 종신 유배형을 받고 그곳으로 간 거다. 그러니 돌아온다는 건 죽음을 뜻한다. 만일 붙잡히면 나는 교수형에 처해질 거다. 하지만 오로지 너를 보고 싶다는 생각으로 모든 위험을 무릅쓴 거다."

이제 사태는 아주 명확해졌다. 이 가련한 사람이 나같이 가련한 놈에게 그 수많은 세월 동안 금과 은을 잔뜩 선물해놓고 이제 나를 보기 위해 목숨을 걸고 찾아온 것이다. 그리고 그 목숨이 내게 달려 있었던 것이다! 아아, 내가 그를 혐오하지 않고 사랑했다면, 그가 나를 옴츠리게 만드는 게 아니라 존경하는 마음을 품게 했다면 나는 그 얼마나 열심히, 그리고 그 얼마나 신이 나서 그를 열심히 보호해주었을 것인가! 하지만 도리가 없었다. 어쨌든 나는 그를 보호해주어야만 했다.

나는 그를 허버트의 방에서 잠잘 수 있게 해주고 내 방으로 왔다. 잠자리에 든다는 것이 무서워서 그냥 소파에 앉아 있었다. 여러 시간 동안 너무 멍한 상태에서 아무 생각도 나지 않았다. 겨우 정신이 들자 내가 타고 왔던 배가 얼마나 처참하게 산산조각 났는지 실감이 들기 시작했다.

내가 제멋대로 추측했던 미스 해비셤의 뜻? 그건 모두 나의 헛된 꿈에 불과했다. 에스텔라는 결코 내 짝으로 정해진 게 아니었다. 나는 그저 새티스 하우스에서 편리하게 사용되는 도구에 불과했다. 미스 해비셤은 그녀의 탐욕스런 친척들을 자극하는 데 나를 이용했을 뿐이다. 나는 실습용 마네킹이었을 뿐인 것이다.

하지만 내가 진정으로 고통스러운 것은 그것이 아니었다. 아아, 조! 언제 교수형에 처해질지 모르는 저 방 안의 죄수 때문에 그를 버리다니! 아무리 생각해도 조나 비디에게 돌아갈 수는 없을 것 같았다. 그들이 나를 받아주지 않을까봐 걱정한 것이 아니었다. 내가 그들에게 했던 짓을 내가 너무나도 또렷하게 의식하고 있었기 때문이다. 그들만이 내 위안이 될 것은 틀림없었다. 하지만 나는 내가 저지른 짓들을 결코, 결코 되돌릴 수도 없고 용서할 수도 없었다.

　나는 다시 죄수의 방으로 갔다. 그는 목도리를 둘둘 말아 베고 잠들어 있었다. 잠들어 있는 그의 얼굴이 침울해 보였고 굳어 있었다. 베개 옆에 총을 놓은 채 그는 조용히 잠들어 있었다. 나는 내 방으로 와서 의자에 앉았다가 그대로 잠이 들었다. 그러다 잠에서 깨어나니 교회들이 5시를 알리는 종을 울리고 있었다. 촛불들도 다 사그라졌고 난롯불도 꺼져 있었다. 바람과 비가 어둠을 더욱 짙게 만들고 있었다.

　그를 계속 우리 집에 숨겨둘 수는 없는 노릇이었다. 살림을 돌보고 있는 노파와 그녀의 조카딸은 호기심이 많은 족속들이어서 툭하면 열쇠 구멍으로 나를 엿보았고 부르지 않아도 주변을 맴도는 사람들이었다. 나는 일단 시골에서 숙부님이 올라오셨다고 둘러대기로 작정했다.

　내가 잠에서 깨어났을 때는 아직 어두웠다. 불을 켜려 했지만 깜깜해서 등불이 보이지 않았다. 나는 경비실에 도움을 요청하려고 밖으로 나갔다. 복도는 칠흑처럼 어두웠다. 나는 더듬더듬 계단을 내려가기 시작했다. 그런데 무언가 발에 걸려 그만 넘어지고 말았다. 한구석에 웬 남자가 몸을 웅크리고 있었다.

내가 그곳에서 뭘 하느냐고 묻자 그는 아무 말 없이 고개만 숙였다. 나는 황급히 계단을 내려가 등불을 든 경비와 함께 다시 안으로 들어왔다. 둘이 함께 계단을 샅샅이 뒤졌지만 아무도 발견할 수 없었다. 나는 경비를 밖에 세워둔 채 그의 등불을 들고 내 집으로 들어갔다. 그 등불로 방 안 촛불을 밝힌 후 나는 그 무서운 손님이 잠들어 있는 방을 포함해 온 집 안을 샅샅이 뒤졌다. 하지만 집 안은 고요하기만 했다.

왜 하필 이런 날 계단에 그런 잠입자가 있었단 말인가? 나는 너무 불안했다. 나는 문간의 경비에게 갔다. 나는 경비에게 혹시 모르는 사람이 드나드는 걸 보지 못했느냐고 물었다.

"웬 낯선 사람이 선생님에 대해 물어본 이후로는 아무도 못 보았습니다."

나의 그 무서운 손님을 말하는 게 분명했다.

"그 사람은 제 숙부입니다."

"아, 그러세요? 그분을 만나셨나요?"

"물론이지요."

"그분과 함께 온 사람도요?"

"함께 온 사람이라니요?"

"그럼 같이 온 분이 아니었나요? 저는 그런 줄 알았지요. 그분이 제게 말을 걸려고 멈춰 서니까 함께 멈춰서던데요. 그분이 이쪽으로 오실 때 뒤에서 함께 이쪽으로 왔거든요."

더 이상 그에게 물어보았댔자 소용이 없겠다 싶어 나는 다시 방으로 돌아왔다. 도대체 누가 나의 손님을 뒤따라온 것일까? 하지만 나는 더 이상 그 문제로 골치를 썩이지 않기로 했다. 그냥 우연의 일치일 수도 있고 나의 손님이 길을 물었던 사람일 수도 있지 않은가.

나는 방으로 들어와 난롯가에서 꾸벅꾸벅 졸다가 그대로 앉은 채 잠이 들었다. 그러다 잠이 깨면 내가 지금 꿈을 꾸고 있는 건 아닌지 팔을 꼬집어보기도 했다. 그런 식으로 자다 깨기를 반복하다보니 어느새 날이 밝았다. 마침내 집안 살림을 돌보는 노파와 그녀의 조수인 조카딸이 왔다. 내 모습을 보고 깜짝 놀라는 그녀들에게 나는 숙부님이 찾아와 주무시는 중이라고 말하고 식사 준비에 대해 일러주었다.

얼마 안 있어 방문이 열리고 그가 나왔다. 밝은 빛 아래서 보니 어제 보다 더 험상궂어 보였다. 그가 식탁에 앉자 내가 나지막이 물었다.

"나는 아직 당신 이름을 모릅니다. 당신이 내 숙부라고는 말해두었습니다."

"잘했어. 나를 계속 숙부라고 불러라."

"배를 타고 올 때 가명을 썼겠지요?"

"물론이지. 프로비스라는 이름을 썼다. 계속 그 이름을 써야겠어. 아주 마음에 들어."

"진짜 이름은 뭐예요?"

"매그위치다. 에이블 매그위치."

나는 그에게 궁금한 것을 물어보았다.

"지난밤 이곳에 오실 때 혹시 누구와 같이 왔어요?"

"내가? 아니다, 얘야. 내가 여기 아는 사람이 어디 있니?"

"재판은 런던에서 받았나요?"

그는 고개를 끄덕였다.

"그때 재거스 씨를 알게 되었지. 그가 내 담당 변호사였어."

무슨 일로 재판을 받았느냐는 말이 내 입술을 떠돌았다. 그러자 그가 마치 내 마음을 읽은 것처럼 말했다.

"어쨌든 내가 저지른 죄의 대가는 노역으로 다 채웠다."

그는 게걸스럽게 아침 식사를 했다. 그날 그 습지에서 내가 가져간 음식물을 허겁지겁 입에 처넣던 그의 모습이 겹쳐 떠오르며 나는 다시 한 번 공포에 사로잡혔다. 나는 식욕이 없어 아침 식사를 거의 하지 못했다.

식사가 끝나자 그는 파이프를 피우며 두 손으로 내 두 손을 잡고 아래위로 흔들었다. 그의 얼굴에 다시 감격한 표정이 떠올라 있었다.

"이게 바로 내가 만든 신사라 이거지! 진짜배기 신사! 핍, 나는 그냥 너를 바라보기만 해도 좋다. 내가 바라는 건 오로지 네 옆에 서서 너를 바라보는 거란다."

나는 얼른 손을 빼냈다. 그의 대머리를 올려보고 있자니 내가 얼마나 무거운 쇠사슬에 묶여 있는지를 실감할 수 있었다.

"나는 내 신사의 신발에 진창이 묻는 꼴도 두고 볼 수 없다. 반드시 말이 있어야 해. 마차용으로 부릴 수 있는 말까지."

그러더니 그는 터질 듯이 빵빵하게 지폐가 들어 있는 지갑을 꺼내어 탁자 위에 툭 던졌다.

"그 지갑 안에 제법 쓸 만큼의 돈이 들어 있다. 내가 가진 건 전부 네 거다. 돈에 대해서는 걱정하지 마라. 얼마든지 있다. 나는 내 신사가 신사답게 돈을 쓰는 걸 보려고 런던에 온 거다. 그래, 그게 바로 내 기쁨이다."

그러더니 그는 갑자기 고함을 질렀다.

"그래, 모두 나가 뒈져라. 잘난 척하던 식민지 지주 놈들아! 가발을 쓴 판사 놈들아! 모두 나가 뒈져버려! 너희 놈들을 다 합쳐도 당할 수 없는 멋진 런던 신사를 내가 보여줄 거다!"

나도 참을 수 없어 소리를 질렀다.

"제발 그만하세요!"

"그래, 내가 제정신이 아니었다. 내 말이 너무 상스러웠어. 그만 없었던 일로 해주렴, 핍. 앞으로 다시는 상스럽게 굴지 않겠다. 내 약속하마."

"그게 중요한 게 아니에요. 우선 당신이 발각되지 않으려면 어떻게 해야 하는지 대책을 세워야 해요. 미리 생각해둔 게 있으세요?"

"아냐, 그거보다 내가 상스러운 모습을 보였다는 게 더 중요한 문제야. 그토록 오랜 세월 공들여 신사를 키웠다면 그 신사에 어울리는 사람이 어떤 사람인지도 알아야 해. 이런 상스런 모습을 네게 보이려고 너를 신사로 키운 게 아니야. 핍, 아까는 내가 상스러웠다. 나도 모르게 옛 모습이 나온 거야. 이젠 절대로 그럴 일 없다. 그러니 좀 넘어가 다오."

나는 으스스한 가운데도 웃음이 나왔다. 나는 짜증 섞인 웃음을 터뜨리며 말했다.

"알았어요, 넘어가 드릴 게요. 그러니 이제 어떻게 하면 당신을 위험으로부터 보호할 수 있는지 말해보세요."

"글쎄다. 뭐 별로 위험할 것 같지도 않은데……. 내가 여기 있는 걸 아는 건 재거스 씨와 웨믹 씨와 너 셋뿐인데 누가 나를 밀고 하겠느냐?"

"혹시 그 외에 당신이 여기 돌아온 걸 아는 사람이 없나요?

"글쎄다. 아마 없을 걸. 내가 신문에 'A. M.'이라는 이름으로 '내가 뉴사우스웨일스에서 방금 돌아왔다'라고 광고하고 싶은 마음은 아직 없단다. 그리고 세월이 그렇게 흘렀는데 나를 밀고해서 득을 볼 자가 누가 있겠느냐? 핍, 설령 지금보다 수

백 배 더 큰 위험이 도사리고 있었다 할지라도 나는 너를 보러 왔을 거다."

나는 내가 정말로 궁금해하던 것을 물었다.

"그러면 여기 얼마나 오래 머무르실 건가요?"

그러자 그가 입에서 파이프를 떼더니 입을 헤벌린 채 나를 뚫어져라 바라보았다.

"얼마나 있을 거냐고? 난 돌아가지 않을 거야. 영원히 돌아온 거야. 거기 내 공장과 농장도 다 남에게 맡겨놓았어. 물론 수익은 내 은행으로 꼬박꼬박 들어올 거고."

나는 머리가 깨질 것 같았다.

"도대체 어디서 살 건데요. 어디면 안전하겠어요?"

"돈 주고 변장용 가발과 안경과 옷을 사면 돼. 변장하고 버젓이 살아가는 사람들이 많은데 나라고 성공하지 못하리라는 법이 없지. 어디서 살 거냐고? 얘야, 그건 네가 좀 생각해줘야 할 것 같구나."

기가 막힐 노릇이었다. 나는 모든 일을 허버트와 상의하는 수밖에 없다고 생각했다. 2~3일 후에 그가 돌아오면 모든 비밀을 다 털어놓고 함께 이 일에 대처하는 수밖에 없다고 나는 생각했다. 그 전에 나는 우선 그의 복장을 부유한 농장주처럼 바꿀 필요가 있다고 생각했다. 그런 후 그의 머리도 짧게 자르고 분도 좀 바르면 저 험한 모습이 좀 감추어지리라고 생각한 것이다. 나는 그에게 입힐 옷가지들을 구하려고 밖으로 나갔다. 그리고 밖으로 나간 김에 그가 숨어 살 수 있을 만한 집을 구하려고 돌아다녔다. 다행히 에식스가에 있는 조용한 3층 방을 세를 낼 수 있었다.

그 일들을 처리한 후 나는 발걸음을 리틀 브리튼으로 향했다. 혹시 재거스 씨가 이 모든 것을 알고 있을지 모른다는 생각이 든 것이다. 재거스 씨가 책상에 앉아 있다가 내가 들어오는 것을 보더니 의자에서 일어나 곧바로 난로가로 가서 섰다.

그가 내게 다짜고짜 말했다.

"핍, 조심하게."

"그러겠습니다, 변호사님." 내가 말했다. 그가 모든 것을 알고 있다는 것이 확실했다. 내가 입을 열려고 하는데 그가 다시 말했다. 마치 내 생각에 못을 박는 것 같았다.

"자신을 꼼짝도 못할 처지에 빠뜨리지 말게. 그리고 다른 사람도 그렇게 만들면 안 되고. 난 아무것도 알고 싶지 않네.

궁금한 게 아무것도 없다네."

"그럴 일은 없을 겁니다. 단지 저는 제가 들은 게 과연 사실인지 확인하고 싶을 뿐입니다."

재거스 씨는 고개를 끄덕였다. 그리고 말했다.

"한 가지 확실히 해두지. 자네 '들었다'고 했나, 아니면 '통보 받았다'고 했나? 뉴사우스웨일스에 있는 사람의 말을 직접 들을 수는 없지 않은가?"

"통보를 받았다고 하겠습니다, 변호사님."

"좋아."

"에이블 매그위치라는 이름의 사람에게서 바로 자기가 나의 익명의 은인이었다는 사실을 통보받았습니다."

"맞네. 바로 그가 그 사람이네."

"오직 그 사람뿐인가요?" 나는 그의 입에서 미스 해비셤의 이름이 나오길 은근히 기대하며 물었다. 그러나 그는 잘라 말했다.

"오직 그 사람뿐이라네."

"됐습니다. 제가 알고 싶은 건 오로지 그것뿐입니다."

그러자 그가 말했다. 그로서는 대단한 친절이었다.

제3부

31

"나는 대단히 현실적인 사람이라네. 매그위치가 뉴사우스 웨일스에서 보낸 편지에서 막연하나마 이곳 영국에서 자네를 보고 싶다는 뜻을 넌지시 비추었을 때 나는 그런 말은 안 들을 걸로 하겠다고 즉각 답을 해주었네. 여기서 사면 받을 가능성은 제로이며, 종신 추방당한 입장에서 이곳에 모습을 드러내면 곧장 교수형에 처해질 것이라고 경고했네. 그런데 나는 웨믹으로부터 포츠머스 소인이 찍힌 편지 한 통을 받았다는 보고를 받았네. 이름이 퍼비스인가 뭔가 하는 식민지 주민이 보냈다고 하더군."

"프로비스겠지요."

"그렇겠군. 프로비스라고 해두지. 자네가 매그위치 씨 소식을 들은 건 그 프로비스를 통해서이지? 그건 확실히 해두어야 하네. 프로비스를 통해 매그위치 씨에게 연락이 닿으면 그간 그가 맡긴 돈에 대한 지출 전표와 영수증을 자네에게 보낼 거라고 전해주게. 물론 잔금도 함께 보낼 거네. 아직 잔금이 많이 남아 있네. 자, 이제 그만 돌아가보게."

나는 그와 악수를 나눈 후 집으로 돌아왔다.

다음 날 주문한 옷들이 모두 도착했다. 그는 그 옷들로 갈

아입었다. 하지만 어떤 옷을 입어도 전보다 더 흉해 보였며. 변장을 하면 할수록 오히려 그의 본 모습이 더 잘 드러나는 것 같았다. 옷을 더 입히거나 잘 입힐수록 더욱 더 습지대에 웅크리고 앉은 탈주범 같았다. 그리고 다리에 무거운 사슬을 질질 끌고 있는 것 같았다. 나는 내 선입관 때문에 그럴지도 모르겠다고 스스로를 달랬다.

며칠이 흐른 뒤였다. 저녁 식사를 끝내고 너무 피곤해서 깜빡 잠들어 있다가 계단에서 들리는 발소리에 나는 잠에서 깨어났다. 역시 잠들어 있던 프로비스도 내가 부스럭거리는 소리를 듣고 자리에서 벌떡 일어났다. 그의 손에 잭나이프가 번쩍이고 있었다.

내가 그에게 말했다.

"진정하세요! 허버트예요."

이윽고 허버트가 600마일 이상 떨어진 프랑스의 신선한 공기를 뿜어내며 안으로 들어섰다. 그가 내게 반갑게 인사하며 다가오려다가 프로비스를 발견하고 멈칫했다.

내가 허버트에게 말했다.

"허버트, 그동안 내게 정말 이상한 일이 일어났어. 이분은 나를 찾아오신 손님이야."

그때였다. 프로비스가 자기 가방에서 까만 성경책을 꺼내 들더니 허버트 앞으로 다가왔다.

"이 책을 네 오른손에 들어라! 그리고 맹세해. 만약 밀고를 한다면 하느님께서 네게 즉사시키는 벌을 내리실 거다! 자, 이 책에 입을 맞추어라!"

"시키는 대로 해줘." 내가 허버트에게 말했다. 허버트는 내게 다정한 눈길을 주면서도 불안한 모습으로 내 말에 응했다. 그러자 프로비스가 즉시 그에게 손을 내밀었다.

"자, 너는 이제 맹세를 한 거다. 나도 맹세코 말하지만 핍이 너도 신사로 만들어줄 거다. 만일 그러지 않는다면 내 말은 하나도 믿지 않아도 좋다."

우리 셋은 난롯가에 앉았다. 나는 허버트에게 모든 이야기를 해주었다. 그가 얼마나 놀라고 마음의 동요를 느꼈는지는 자세히 묘사하지 않아도 짐작할 수 있을 것이다. 그가 이 일에 대해 느끼고 있는 감정은 내가 느끼고 있는 것과 거의 비슷했다. 허버트는 나와 마찬가지로 프로비스에 대한 혐오감을 은근히 내비쳤다. 하지만 그 감정을 프로비스에게 들킬 만큼 어리석지는 않았다.

프로비스는 당당한 승리감에 젖어 있었다. 그는 단 한 번 상스러운 모습을 잠깐 보였다는 것을 제외하고는 모든 것을 자랑스러워했다. 나를 신사로 만든 것도 자랑스러워했으며 나를 신사로 완성하기 위해 온갖 위험을 무릅쓰고 영국으로 돌아온 자신에 대해서도 자랑스러워했다. 그리고 그 사실에 대해 나나 허버트가 자부심을 가져야 하고 또 가지고 있으리라는 것이 그의 생각이었다.

프로비스는 밤늦게까지 우리와 함께 있다가 자정이 되어서야 자리에서 일어났다. 나는 그를 에식스까지 바래다주었다. 그가 문을 열고 내가 잡아준 방으로 들어가자 나는 비로소 안도의 한숨을 내쉬었다.

다시 집으로 돌아와 허버트와 단둘이 있게 되자 내가 그에게 말했다.

"도대체, 어떻게, 어떻게 해야 하지?"

"불쌍한 나의 헨델, 나도 너무 놀라서 아무 생각이 안 나."

"나도 처음엔 그랬어. 하지만 절대로 가만히 있어서는 안 돼. 그자가 말, 마차 등 사치스러운 것들을 사주겠다고 난리야. 어쨌든 그건 막아야 돼."

"그런 걸 받을 수 없다는 거니?"

"내가 그걸 어떻게 받을 수 있겠어? 그자의 몰골을 봐! 저자가 주는 걸 알고는 받을 수 없어."

우리는 함께 몸서리를 쳤다. 내가 말을 계속했다.

"아아, 어찌해야 할지 정말 모르겠어. 그는 정말로 내게 강한 애착을 느끼고 있어. 게다가 지금 그와의 관계를 딱 끊는다고 해서 이제까지 그에게서 입은 혜택이 사라지는 건 아니야. 그리고 그와의 관계를 딱 끊은 다음에 어떻게 되지? 난 지금 엄청난 빚이 있어. 내게서 막대한 유산이 사라지면 도저히 감당하기 어려운 빚이야. 게다가 난 내 힘으로 살아갈 수 있는 직업교육도 받은 게 없어. 나는 정말 아무 짝에도 쓸모없는 놈이야."

"헨델, 그런 말은 하지 마. 너는 쓸모없는 사람이 아니야."

"쓸모가 있긴 있지. 당장 입대하면 되지. 아아, 허버트, 이제 난 군인이 되는 수밖에 없나봐."

"군대에 간다는 건 좋은 생각이 아니야. 그런다고 그에게서 받은 혜택을 돌려줄 수는 없잖아. 그러느니, 내가 지금 일하는 회사에서 함께 일하는 게 나을 거다."

가엾은 친구! 그는 그가 지금 누구의 돈으로 자신이 그 일을 할 수 있게 되었는지 전혀 짐작도 못하고 있었다. 아아, 허버트도 그 작자의 도움을 받은 것이다! 게다가 내가 계속 돈을 대주지 못하면 그가 어떻게 될지도 알 수 없는 상황이었다.

우리는 결론을 내리지 못한 채 온갖 궁리를 했고 온갖 이야기를 다 나누었다. 하지만 다람쥐 쳇바퀴 돌 듯 언제나 제 자리로 되돌아왔다. 더욱이 우리의 결정으로 모든 것이 해결될 수 있는 문제도 아니었다. 그 작자의 뜻을 어떻게 꺾을 수 있다 말인가! 내가 그를 거부했을 때 그가 나를 죽이지 않으리라는 보장이 어디 있는가?

마침내 허버트가 상황을 정리해서 말했다.

"헨델, 그 사람에게서 더 이상 은혜를 입을 수 없다는 결심은 확고한 거지?"

"그럼, 너도 내 생각과 같잖아."

"그 사람과의 관계를 끊겠다는 생각도 확실한 거지?"

"허버트, 어떻게 나한테 그런 질문을 할 수 있니?"

"그렇지만 네게는 너를 보기 위해 목숨까지 내건 그 사람을 측은하게 여기는 마음도 있을 거야. 가능하다면 그를 위험에서 구해주고 싶은 마음이 있을 거라고. 그러자면 그 사람을 우선 영국에서 빼내야 돼. 그리고 네가 그와 함께 가야 해. 그래야 그를 설득할 수 있을 테니까. 앞으로 네가 어떻게 살 것인가 하는 문제는 우선 그 일을 해결하고 난 다음에 생각해도 될 거야. 너는 젊어. 우리 둘이 힘을 합치면 얼마든지 헤쳐 나갈 수 있을 거야."

겨우 그 정도 결론을 내리고도 우리는 악수를 나누었고 위안을 느꼈다.

끝으로 내가 말했다.

"나는 그의 삶에 대해 아무것도 몰라. 어린 시절 나를 협박했던 자라는 것 빼놓고는 아무것도 몰라. 그것 때문에 더 미치겠어."

"맞아, 그를 더 잘 알아야 우리도 확신을 갖고 우리 계획을 실행할 수 있을 거야. 아침 식사 때 네가 직접 그에게 물어봐."

다음 날 그가 아침 식사 시간에 우리에게 왔다. 그는 하이드파크에 근사한 집을 빨리 얻으라고 내게 말했다. 그는 내 집과 자신의 숙소를 임시거처로 생각하고 있음이 분명했다. 자기는 그 집에서 간이침대 하나만 있으면 충분하다고 말했다. 그러나 그와 함께 한 집에서 지낸다는 생각만 해도 끔찍했다.

나는 기회를 잡아 그에게 말했다.

"당신이 옛날 습지대에서 젊은 죄수와 싸우던 이야기를 내가 내 친구에게 해주었어요. 우린 그가 누구인지, 당신이 왜 그와 싸웠는지 알고 싶어요. 제가 당신과 함께 지내려면 저도 당신에 대해 좀 더 잘 알아야 하는 것 아닌가요?"

그는 불을 붙이지 않은 파이프를 입에 물고 잠시 생각에 잠겨 있더니 허버트에게 말했다.

"어이, 핍의 친구. 우리가 맹세한 거 잘 기억하고 있겠지? 나에 대한 모든 일에 다 적용되는 거다."

"물론 잘 알고 있습니다." 허버트가 대답했다.

"그리고, 내 죄의 대가는 노역으로 이미 다 치렀다는 걸 잊지 말라고."

"그렇게 믿고 싶습니다."

그는 파이프를 외투 단추 구멍에 끼우고 두 손을 무릎 위에 올려놓았다. 그는 꽤 오랫동안 아무런 말없이 분노에 찬 시선으로 난로를 쳐다보고 있었다. 이윽고 우리를 향해 돌아서더니 이야기를 시작했다.

"핍, 그리고 핍의 친구야. 내 인생을 무슨 노래 가사나 범죄자 일대기처럼 파란만장하게 늘어놓지는 않겠다. 그냥 간단하게 '나는 평생 감옥을 들락날락했다'는 말로 충분하다. 나는 정말로 교수형만 빼놓고는 모든 형벌을 다 받았다. 그냥 살기 위해 무 한 뿌리를 도둑질한 것을 시작으로 어린 나이에 나는 그냥 상습범이 되었다. 어린 나를 보고 사람들은 '저 나이에 벌써 상습범이래. 아마 평생 감옥에 갇혀 살게 될 거야'라고 말했고 나는 그들 말처럼 되었다.

내 옛일을 이야기하면서 상스럽게 되지 않으려니 정말 힘이 드는구나. 어쨌든 나는 이 감옥 저 감옥으로 옮겨 다녔고 풀려나면 구걸을 했다. 간간이, 정말 간간이 일을 하기도 했다. 내게 일을 주려는 사람들이 별로 없었기 때문이다. 밀렵꾼 생활도 했고 노동일도 했으며 짐마차 꾼, 떠돌이 행상 등 죽어라 고생을 해도 돈은 별로 안 되는 일들을 하면서 나는 어른이 되었다. 너희가 믿지 않을지 모르지만 나는 글도 배웠다.

물론 정식으로 배운 건 아니다. 어느 탈주병과 유식한 떠돌이 거지에게 배웠다.

그래도 한동안은 감옥에 자주 드나들지 않던 시절이 있었다. 벌써 20년도 넘은 옛일인데, 나는 그때 경마장에 자주 드나들었다. 거기서 악당 한 놈을 알게 된 거지. 만약 그놈 머리통이 여기 벽난로 위에 걸려 있다면 부지깽이로 박살을 내버렸을 거다. 그놈이 바로 내가 그날 열나게 두들겨 팼던 놈이다. 이런, 내가 또 상스러운 말을 했구나. 미안하다.

그놈 이름은 콤피슨이었고 자칭 신사였다. 유명한 기숙학교도 다녔고 학식도 있었다. 말도 무지 잘했고 지체 높은 양반들의 행동방식에도 도통한 놈이었다. 게다가 아주 잘 생기기까지 했다. 나는 그놈을 경마장의 한 매점에서 우연히 만났다. 정말 잘 차려입은 신사 모습이었다. 그때 나는 부랑 죄로 수감되었다가 막 감옥에서 나온 참이었다.

그가 내 신세를 고쳐주겠다며 나를 유혹했다. 나는 그 유혹에 넘어갔고 그 길로 그의 하인 겸 동업자가 되었다. 그런데 그 사업이란 게 어떤 거였는지 아니? 사기, 문서 위조, 가짜 어음 유통 비슷한 일들이었다. 온갖 종류의 사기를 저지르고

제3부

41

는 남에게 죄를 뒤집어씌운 뒤 자기는 쏙 빠져버리는 것, 그게 놈의 주특기였다. 정말 냉혹한 놈이었고 악마의 머리를 가진 놈이었다.

그에게는 동업자가 한 명 더 있었다. 이름이 아서였다. 그놈은 건강이 좋지 못했고 뼈와 가죽만 남은 유령 같은 몰골이었다. 내가 콤피슨을 만나기 전에 아서와 콤피슨은 어떤 숙녀에게 못된 짓을 해서 거금을 챙겼다고 한다. 하지만 콤피슨은 도박으로 그 재산을 다 탕진해버렸다. 아마 국왕의 수입을 다 갖다 쓴다 하더라도 놈은 금세 다 탕진해버렸을 거다.

아서는 결국 시름시름 앓다가 죽어버렸다. 콤피슨은 자기를 위해서나 아서를 위해서나 잘된 일이라고 내게 말했다. 그리고 그는 나를 파트너로 사기행각을 계속했다. 그놈이 어떤 사기행각을 했는지 자세히 말하지는 않겠다. 아마 1주일 밤을 꼬박 새워 이야기해도 모자랄 거다. 그저 내가 그놈이 쳐 놓은 비열한 그물망에 갇혔었다는 말만 해주겠다. 나는 앞장서서 내 모습을 드러냈고 놈은 뒤에 숨어 있는 식이었지.

결국 우리 둘 다 체포가 되었다. 콤피슨이 내게 이렇게 말했다. '우리 각자 알아서 변호를 하고 연락하지 맙시다' 나는 내가 가진 것들을 모두 팔고서야 겨우 재거스 변호사를 쓸 수 있었다. 그런데 결과가 어떻게 되었느냐고? 나는 주범으로 14년 형을 선고받고 놈은 겨우 7년 형을 받았다. 나는 그놈 변호사의 말을 듣고 무슨 음모가 있었는지 다 알았다. 그놈 변호사가 말했다. '재판장님, 그리고 신사 숙녀 여러분! 여러분 앞에 눈으로 확연히 구분할 수 있는 두 명이 앉아 있습니다. 한 명은 젊고 교육을 받은 사람입니다. 다른 한 명은 늙고 험악하게 생긴 사람입니다. 젊은이는 이 범죄 행위에서 그저 저 험악한 자가 시키는 대로 했을 뿐입니다. 여러분, 눈앞에 있는 두 사람을 보고 정확히 판단해주시기 바랍니다. 과연 누가 주범일까요?'

놈은 자신에게 유리한 증인들을 잔뜩 불러들였다. 그리고 진술을 하면서 수 없이 '아아!' 하고 한숨을 내쉬며 손수건에 얼굴을 묻었다. 그리고 정말 유식하게 시구들도 읊조렸다. 하지만 나는 그놈을 가리키며 '이놈이 진짜 악당입니다'라는 소리밖에 할 수 없었다. 하지만 아무도 내 말을 믿지 않았다. 결국 놈은 착한 성품에도 불구하고 나쁜 친구의 꾐과 협박에 넘어가 죄를 저지른 자가 되었다. '나는 밖으로 나가면 그 얼굴을 박살내버리겠다'고 으르렁거렸고 놈은 겁에 질린 척 몸을 움츠렸다. 결국 나는 14년 형을 언도 받고 놈은 7년 형을 받은 것이다."

그는 이야기를 하면서 흥분상태에 빠져 들었다. 그는 한두 차례 심호흡을 하고 침을 꿀꺽 삼키면서 흥분을 가라앉혔다.

"나는 그 자리에서 그 녀석 낯짝을 박살내버리겠다고 말했고 속으로도 다짐했다. 하느님께도 맹세했다. 우리는 같은 감옥선에 갇혔다. 기회를 노리던 나는 어느 날 마침내 그에게 가까이 갈 수 있었다. 나는 놈을 정말로 신나게 두들겨 팼다. 또 상스러운 말을 썼구나. 미안하다. 어쨌든 놈이 그렇게 두려워하는 모습을 보니 속이 좀 후련했다. 하지만 그 일로 나는 배 밑에 있는 독방에 갇혔다. 그렇지만 나처럼 헤엄 전문가에게 그건 오히려 기회였다. 나는 탈출해서 강기슭까지 도망갔고 묘지들 사이에 숨어 있다가 핍, 너를 만나게 된 거다.

핍, 꼬마였던 너를 통해 콤피슨 역시 감옥선을 탈출해서 그곳에 숨어 있다는 것을 알게 되었다. 놈이 어떻게 거기서 탈출했는지 나는 모른다. 감옥선에 나와 함께 있다가는 내게 맞아 죽을 줄 알고 도망친 걸 거다. 그놈도 도망쳤다는 걸 알고 나는 도망치기보다 먼저 놈을 잡으려고 나섰다. 그리고 나는 놈을 잡았다. 아마 병사들에게 발각되지 않았더라도 나는 놈의 머리카락을 질질 끌고 감옥선으로 갔을 거다.

다시 감옥선으로 끌려가서도 놈은 동정을 받았다. 나를 피해 도망간 것으로 여겨졌고 나는 극악무도한 놈이 되어버렸다. 나는 다시 재판을 받았고 종신 유배형을 선고받았다. 나는 감옥에서 평생 썩는 대신 신천지를 택했다. 그리고 지금 여기와 있게 된 거다."

이야기를 끝낸 그는 파이프에 담배를 채우더니 천천히 연기를 내뿜었다. 잠시 침묵을 지키다 내가 물었다.

"그는 어떻게 되었나요? 죽었나요?"

"누구 말이니, 얘야?"

"콤피슨이요."

"나도 모른다. 아마 놈이 살아 있다면 나를 죽이지 못해 안달일 거다. 내가 정말 신나게 두들겨 팼을 뿐 아니라, 도로 감옥에 집어넣었으니까."

그의 이야기를 다 듣고 그가 약간 가엾게 여겨지긴 했지만 그를 향한 내 혐오감은 여전했다. 그가 콤피슨의 죄를 뒤집어

쓰긴 했지만 어쨌든 그도 범죄자 아닌가? 하지만 그의 이야기를 듣고 있던 허버트의 표정이 묘하게 변했다. 그리고 그의 이야기가 끝나자 책의 안표지에다 무언가 쓰기 시작했다.

허버트는 프로비스가 잠시 난롯불에 시선을 주고 있는 사이 그 책을 내게 내밀었다. 나는 그 내용을 읽고 경악했다.

미스 해비셤의 남동생 이름이 아서였어. 콤피슨은 미스 해비셤이 자기 애인이라고 떠들고 다니던 자였어.

나는 눈이 동그래져서 허버트를 바라보았다. 그가 고개를 끄덕였다. 우리는 둘 모두 아무 말 없이 파이프를 빨고 있는 프로비스를 바라보았다.

2

그의 이야기를 듣고 나서 내게는 새로운 두려움이 생겼다. 만일 콤피슨이 살아 있다면 어쩔 것인가 하는 두려움이었다. 그가 프로비스를 두려워하는 것은 분명했다. 그리고 프로비스가 말한 정도의 인간이라면 얼마든지 그를 밀고해서 자기의 안전을 도모할 것이 뻔했다.

나는 허버트에게 프로비스와 함께 외국으로 가기 전에 미스 에스텔라와 미스 해비셤을 만나봐야겠다고 말했다. 어찌 보면 소용없는 짓인지 몰랐지만 에스텔라의 진심을 확인하고 싶었다. 또한 그동안 나를 꼭두각시처럼 갖고 놀았던 미스 해비셤의 입을 통해 진실을 듣지 못하면 견딜 수 없을 것 같았다. 그리고 나를 가지고 놀았던 미스 해비셤에게 그 대가로 요구할 것이 있었다.

나는 다음 날 리치먼드로 에스텔라를 찾아갔다. 그러나 나는 그녀를 만나지 못했다. 나를 맞은 하녀의 말로는 에스텔라가 새티스 하우스로 갔다는 것이었다.

'그래, 더 잘됐어. 둘이 함께 있을 때 모든 걸 확인하는 거야.'

나는 허버트에게 새티스 하우스에 다녀오겠다고 말했다. 프로비스에게는 조를 만날 일이 생긴 것처럼 둘러댔다. 그는 내가 없는 동안 조심스럽게 지내겠다고 내게 약속했다.

나는 아직 동이 트지 않은 새벽, 마차를 타고 내 고향으로 향했다. 이슬비가 내리는 가운데 마차는 달렸고 이윽고 블루보어 호텔에 도착했다. 그때 누군가 이쑤시개를 입에 물고 호텔 문을 나서는 모습을 보고 나는 깜짝 놀랐다. 벤틀리 드럼믈이었다.

나는 잠시 '저 녀석이 여긴 웬 일이지?'라고 생각했다. 순간 번쩍 떠오르는 것이 있었다. '그렇구나, 녀석이 에스텔라를 쫓아 여기까지 온 거야. 그렇다면 에스텔라가 놈을 여기까지 오도록 유혹했단 말인가!'

나는 녀석을 만나고 싶지 않았다. 녀석을 만나면 보나마나 우리 둘은 으르렁거리게 될 것이고 지금 내 형편에 그건 너무 한가한 짓이었다. 나는 녀석이 나가기를 기다렸다가 호텔로 들어갔다. 그리고 방을 잡고 몸을 씻은 후 새티스 하우스로 향했다.

나는 늘 가던 방에서 미스 해비셤과 에스텔라를 만났다. 미스 해비셤은 난롯가의 긴 소파에 앉아 있었고 에스텔라는 미스 해비셤의 발치에 놓인 방석에 앉아 있었다. 에스텔라는 뜨개질을 하고 있었고 미스 해비셤은 그 모습을 구경하는 중이었다. 내가 들어가자 두 사람 다 눈을 치켜떴다. 그리고 둘이 시선을 교환했다. 내게서 뭔가 심상치 않은 모습을 느낀 것이 틀림없었다.

미스 해비셤이 내게 말했다.

"그래, 무슨 바람이 불어서 여기까지 온 거냐, 핍?"

그녀는 태연한 척 나를 바라보고 있었지만 당황한 기색이 역력했다.

나는 그녀에게 말했다.

"미스 해비셤, 당신은 당신이 원했던 걸 확실하게 얻었습니다. 나는 당신이 작정했던 것 이상으로 불행해졌으니까요."

미스 해비셤은 계속 나를 뚫어지게 바라보고 있었다. 에스텔라는 여전히 뜨개질을 하고 있었지만 내 말에 귀를 기울이고 있는 게 틀림없었다.

"저는 제 은인이 누구인지 알게 되었습니다. 하지만 그 때문에 더 고통스러워졌다는 말밖에는 해드릴 수 없습니다. 지켜야 할 비밀이 있기 때문입니다."

그녀는 '그래서?'라는 표정으로 나를 바라보았다.

"저는 그 은인을 미스 해비셤으로 착각했던 적이 있었습니다."

"나는 그런 은혜를 베푸는 사람이 아니다."

"저는 오로지 미스 해비셤의 변덕과 욕망을 충족시키기 위해 동원된 하인에 불과했지요?"

"그렇다."

"제가 착각에 빠진 걸 미스 해비셤도 알고 계셨지요? 그러면서 저를 속이고 더 끌어들인 거지요?"

"그렇다."

"그게 자애로운 행동이라고 생각하십니까?"

내 말에 미스 해비셤이 버럭 소리를 질렀다.

"나를 뭐로 보고 하는 소리냐? 세상에, 내가 자비로운 행동을 하길 바란다고?"

그녀가 너무 크게 화를 내는 바람에 이제까지 못 들은 척 뜨개질을 하고 있던 에스텔라가 고개를 들 정도였다.

나는 서툰 불평을 한 셈이었다. 그리고 나는 그런 불평을 늘어놓으려고 미스 해비셤을 만나려고 한 것도 아니었다. 나는 차분하게 이야기를 이어나갔다.

"잘 알겠습니다. 저는 옛날에 미스 해비셤께 아주 후한 보상을 받았습니다. 그래서 저는 더 착각할 수밖에 없었지요. 미스 해비셤께서는 저를 그렇게 착각하도록 내버려두고 더욱더 착각에 빠지도록 부추기셨지요. 탐욕스러운 친척들을 약 올리려고 그러셨나요?"

"그랬다."

그녀가 긍정을 하더니 다시 격렬하게 말했다.

"아니다! 그들 스스로 그런 덫을 놓은 거다. 그들은 그들의 욕심이라는 덫에 걸린 거다. 나는 그냥 두고 보기만 한 거다."

"저는 미스 해비셤의 친척들을 거의 다 만나보았습니다. 그

제3부

51

분들 중 한 분의 집에 살게 되었으니까요. 솔직히 말씀드리지요. 그들 모두 저 못지않게 착각에 빠져 있었습니다. 언젠가 미스 해비셤의 은혜를 입게 되길 기다리고 있었지요. 하지만 포킷 씨와 그의 아들 허버트는 다릅니다. 감히 말씀드립니다. 그들을 다른 친척들과 똑같이 생각하셨다면 잘못하신 겁니다."

나는 정말 용기를 내서 말한 셈이었다.

그런데 미스 해비셤이 뜻밖의 반응을 보였다.

"그래, 그들에게 내가 뭘, 어떻게 해주길 바라는 거냐?"

"솔직하게 말씀드리겠습니다. 미스 해비셤, 혹시 제 친구 허버트에게 경제적으로 도움을 주실 수는 없으신지요. 그가 평생 자기 일을 하면서 살아가려면 당분간 도움이 필요합니다. 다만 그 일을 그가 모르게 해주시길 부탁드립니다."

"왜 개가 몰라야 한다는 거냐?"

"사실은 제가 2년 전부터 허버트 모르게 그에게 도움을 주어왔습니다. 저는 그가 그 사실을 영원히 모르길 바라고 있습니다. 그런데 이제는 제가 도울 수 없는 처지가 되었습니다. 자세한 사정은 말씀드리기 어렵습니다. 어떤 사람의 비밀과

연관되어 있기 때문입니다."

미스 해비셤은 아무 말 없이 내게서 시선을 거두더니 한동안 난로의 불꽃을 바라보았다. 에스텔라는 계속 뜨개질만 하고 있었다.

이윽고 미스 해비셤이 내게로 눈길을 돌렸다. 하지만 그녀는 가타부타 말이 없이 내게 물었을 뿐이었다.

"그 밖에 다른 할 말은 없느냐?"

"미스 해비셤께 드릴 말씀은 그게 전부입니다. 이제 에스텔라에게 몇 마디 말을 하도록 허락해주시겠습니까?"

"내가 언제 막은 적이 있느냐?"

나는 천천히 에스텔라를 향하여 고개를 돌렸다. 떨리는 목소리를 진정하기 어려웠다.

"에스텔라, 내가 너를 사랑한다는 건 알겠지?"

내 말에 에스텔라가 고개를 들어 나를 쳐다보았다. 하지만 손으로는 여전히 부지런히 뜨개질을 하고 있었다.

"나는 네가 내 짝이 되리라는 희망을 품고 있었어. 하지만 그건 미스 해비셤이 심어준 환상이라는 것도 이제는 잘 알아. 이제 너를 더 이상 내 짝이라고 부를 희망이 영영 사라진 것

도 알아. 앞으로 내게 어떤 일이 닥칠지 나는 몰라. 나는 형편
없이 가난해질지도 몰라. 내가 어디로 가게 될지도 몰라. 하지
만 나는 여전히 너를 사랑해.”

그러자 에스텔라가 아주 차분하게 말했다.

“네 말을 들으니 이 세상에 내가 모르는 그런 감정이 존재
하는 것 같네. 나를 사랑한다고? 그래, 나는 그 말뜻은 알아.
하지만 그뿐이야. 그게 어떤 건지 나는 전혀 몰라. 나를 사랑
한다고? 하지만 내 가슴에는 전혀 와 닿지 않아. 나는 네가 뭐
라고 하건 전혀 관심 없어. 그리고 그건 내가 네게 늘 했던 말
이고 경고했던 거였어. 내가 분명 경고했지? 그렇지?”

“맞아.” 나는 한숨을 내쉬었다.

“그런데 넌 그 경고를 받아들이지 않았어. 내 진심이라고
생각하지 않은 거지. 그렇지 않니?”

“맞아, 진심이 아니라고 생각했고 그러길 바랐어. 너같이
예쁜 사람의 마음속에 그런 본성이 숨어 있으리라고는 생각
못했어.”

“내게는 그런 본성이 있어. 네게 이렇게라도 얘기를 해주는
건 그래도 너를 다른 남자들과는 좀 다르게 생각하기 때문이

야. 그 정도면 된 거 아니니?"

그때 내게 왜 문득 벤트리 드럼믈이 생각났는지 모른다. 나는 그녀에게 물었다.

"혹시 진짜 남들과 다르게 생각하는 남자가 벤틀리 드럼믈이야? 그래서 그가 이곳 읍내에 나타난 거니? 걔가 너를 쫓아다닌다는 건 나도 다 알아. 너는 걔가 그러도록 부추기고 있는 거겠지?"

"맞아. 오늘 저녁 식사를 같이 할 거야."

"너는 그를 사랑할 수 없어, 에스텔라."

그러자 그녀가 뜨개질을 멈추었다. 그리고 화를 내며 내게 쏘아 붙였다.

"너 여태 내 말을 못 들었니? 그런 거 나는 모른다고. 아직도 내 말이 진심이 아니라고 생각하는 거니?"

나는 부들부들 떨면서 그녀에게 말했다.

"그렇다면, 그렇다면, 너 그와 결혼까지 할 생각은 아니겠지, 에스텔라?"

그녀는 미스 해비셤을 바라보더니 잠시 뜸을 들인 후 대답했다.

"네게 사실을 감출 필요는 없지. 난 그 사람하고 결혼할 거니까."

나는 두 손에 얼굴을 묻었다.

"에스텔라, 나를 제쳐두는 건 좋아. 하지만 드럼믈은 안 돼! 미스 해비셤은 너를 흠모하는 모든 남자들, 드럼믈보다 백 배 나은 모든 남자들에게 치욕을 안기려고 너를 그에게 주려는 거야."

"아무 소리 하지 마. 나는 곧 결혼할 거야. 왜 무례하게 우리 양어머니 이름은 들먹이는 거니? 이거 내가 알아서 결정한 일이야."

"네가 알아서 결정했다고? 그런 짐승 같은 놈에게 너 자신을 내던지는 일을?"

그러자 그녀가 미소를 지으며 말했다.

"내가 누구한테 나를 내던졌다는 거니? 드럼믈은 내가 자기에게 아무런 감정도 갖지 않고 있다는 걸 제일 먼저 눈치챈 사람이야. 그런 걸 기대하는 사람보다는 훨씬 나아. 됐어. 다 끝난 일이야. 난 아주 잘 살 거야. 미스 해비셤이 나를 이 길로 끌어들였다고? 아니야, 미리 아셨다면 나를 말리면서 기다리라고 하셨을 걸. 하지만 나는 이제 이런 식의 삶에는 지쳤어. 이제 내 의지로 내 인생을 변화시키고 싶어. 너는 나를 절대로 이해할 수 없어. 나도 너를 이해 못하는 건 마찬가지고. 이제 더 이상 아무 말도 하지 마."

"그런 비열한 놈하고! 그런 멍청한 놈하고!"

"핍, 걱정하지 마. 내가 그에게 축복이 되리라는 걱정은 하지 마. 그냥 함께 사는 거야. 자, 이제 내 손에 작별 키스나 해 줘, 이 몽상가 소년아. 아니, 소년이 아니지. 이 몽상가 사내야. 너는 1주일 후면 네 속에서 내 모습을 지우게 될 거야."

"너를 지운다고? 너는 내 존재의 일부란 걸 너는 모르겠니? 내가 상스럽고 천한 꼬마의 모습으로 이곳에 처음 왔을 때부터 너는 늘 나와 함께했어. 내가 읽는 책 한 줄 한 줄마다, 내가 보는 모든 풍경들 속마다, 넌 내게 있었어. 런던에서 보는 모든 돌덩이 건물들에도 너는 늘 내 곁에 있었어. 넌 언제까지나 때로는 악한 모습으로, 때로는 선한 모습으로 내게 남아 있을 거야. 아니야, 이렇게 이별하게 되었으니 선한 모습만 남길 거야. 앞으로 그 모습만 붙들고 있을 거야. 넌 모를 거야. 네가 나를 그렇게 모욕을 주는 순간에도 네가 내게 얼마나 큰 도움을 주었는지!"

나는 격앙된 상태에서 내가 무슨 말을 하는지도 모른 채 마구 떠들었다. 속에서 부글부글 끓던 감정이 마치 큰 상처를 통해 뿜어져 나오는 피처럼 솟구쳤던 것이다.

나는 그녀의 손에 작별의 입맞춤을 했다. 나는 그때의 두 여자 표정을 지금도 잊지 못한다. 에스텔라가 믿을 수 없다는 듯 놀라운 얼굴로 나를 쳐다보고 있었고 미스 해비섬은 연민과 회한이 가득한 유령 같은 얼굴로 나를 무시무시하게 노려보고 있었다.

모든 게 끝장나고 모든 게 사라진 셈이었다. 내 삶의 모든 것은 하나의 악몽으로 변해버린 셈이었다.

나는 호텔로 돌아갈 수 없었다. 거기서 드럼믈을 다시 만난다는 것은 너무나 큰 형벌이었다. 마차를 타고 누구와 이야기를 나눌 수도 없었다. 나는 걸어서 런던까지 갔다.

내가 런던교를 지날 때는 이미 자정이 넘어 있었다. 나는 열쇠를 가지고 있었기에 허버트를 깨우지 않고 슬그머니 방으로 들어갈 작정이었다. 내가 아파트 입구에 도착했을 때 경비가 내게 말했다.

"나리, 나리께 전해달라는 편지가 있습니다. 안으로 들어가기 전에 바로 읽으셔야 한다고 했습니다."

나는 놀라면서 편지를 건네받았다.

편지 겉봉에는 '필립 핍 씨 귀하'라고 수신인이 적혀 있었고 '부디 이 쪽지를 이 자리에서 당장 읽으시오'라고 쓰여 있었다.

나는 편지를 개봉했다. 경비가 등불을 비춰주었다. 편지 내용은 간단했다.

"집으로 가지 마시오."

그건 웨믹의 필체였다.

3

　　나는 편지를 읽자마자 심야 운행 이
륜마차를 집어타고 코번트 가든에 있는 히멈스 호텔로 갔다.
밤늦은 시간에도 방을 구할 수 있는 호텔이었다.

　나는 호텔방에 누워서도 도저히 잠을 잘 수 없었다. 모든
것이 끝난 마당에 '집으로 가지 마시오'라는 경고를 받다니!
도대체 왜 가면 안 된다는 걸까? 프로비스에게 무슨 일이 일
어난 걸까? 허버트는 어떻게 된 걸까?

　나는 7시에 깨워달라고 요청을 해놓았다. 어쨌든 웨믹부터
만나고 볼 일이었다. 그리고 월워스 식의 충고를 받아야 할 일
인 것도 확실했다.

월워스의 성벽이 보이기 시작한 것은 8시 쯤 되었을 때였다. 웨믹은 나를 반갑게 맞아주었다. 그가 내게 말했다.

"자, 핍씨, 우리는 서로 신뢰하는 사이이지요? 우리는 서로 속마음을 터놓은 관계로 지내왔지요? 우리는 지금 직무관계를 떠나서 이야기를 나누는 겁니다."

나는 그가 직무상 무언가 중대한 정보를 입수했다는 걸 알 수가 있었다. 나는 초조했다. 내가 그에게 "물론이지요"라고 말하자 그가 입을 열었다.

"어제 우연찮게 들은 이야기가 있습니다. 어떤 사람에 관한 이야기인데, 그 사람 이름은 말하지 않기로 하지요."

나는 직감적으로 프로비스 이야기라는 것을 알았다.

"그 사람이 정부의 비용으로 가게 된 곳에서 행방불명되었다는 소식을 들었습니다. 어디로 갔는지 알 수 없다는 내용이었지요."

그가 잠시 뜸을 들인 후에 말했다.

"나는 또한 템플지구의 핍 씨 집이 한동안 감시를 당했으며 감시당하고 있을지도 모른다는 이야기를 들었습니다."

"누가 내 거처를 감시했다는 거지요? 혹시 그 사람과 관련이 있는 건가요?"

"제가 그걸 직접적으로 그렇다 아니다 말씀드릴 수는 없습니다. 그럴 위험성이 크다는 정도만 알아두시지요."

나는 그가 리틀 브리튼의 일에 그 누구보다 충직한 사람임을 알고 있었다. 그리고 직무상 자기가 알게 된 일을 함부로 입에 올리지 않는 사람임을 알고 있었다. 나는 지금 그가 그 원칙을 어기고 얼마나 힘든 이야기를 해주고 있는지도 알고 있었다. 나는 재촉하지 않고 묵묵히 그의 이야기를 들은 수밖에 없었다.

"나는 핍 씨를 찾으러 가든 코트에 갔었습니다. 당신을 찾지 못해 클래리커 상사로 허버트 씨를 찾으러 갔었습니다. 그리고 핍 씨가 집을 떠나 있는 동안 이름은 모르지만 혹시 어떤 사람을 알고 있다면 그 사람을 집에서 피신시키는 게 좋을 것 같다고 알려주었습니다."

"허버트가 당황했겠네요."

"물론입니다. 내가 그 사람을 너무 먼 곳으로 피신시키는 건 위험할 거라고 말했더니 더 당황하더군요. 핍 씨, 한 가지만 말씀드리지요. 일단 대도시로 들어온 이상 그만한 장소가 없습니다. 우선 납작 엎드려 숨어 있으세요. 외국 공기를 마시러 나가고 싶더라도 좀 느슨해질 때까지 기다리는 게 좋습니다."

나는 그의 소중한 충고에 진심으로 감사한다고 말했다. 그리고 그 후 어떻게 되었느냐고 물었다.

"허버트 씨는 너무 놀란 나머지 30분 정도 그냥 주저앉아 있었습니다. 그러다가 묘안을 짜냈습니다. 그는 내게 비밀이라면서 지금 결혼을 전제로 사귀고 있는 아가씨가 있다고 했습니다. 핍 씨도 아시겠지요?"

물론 허버트는 내게 자기 약혼녀 이야기를 한 적이 있었다. 그녀 이름은 클라라였다. 하지만 아직 기회가 닿지 않아 만난 적은 없었다. 나는 안다고 웨믹에게 말했다.

"그 아가씨 아버지는 편찮아서 자리보전하고 있답니다. 강을 따라 오르내리는 배들을 볼 수 있는 창문가에 누워 있다고 합니다. 그분이 선박 사무장 일을 했기 때문에 배를 보고 싶어 하기에 그곳에 세를 얻은 겁니다. 그 집은 라임하우스와 그리니치 사이에 있는 풀 구역입니다. 허버트 씨는 그 이름 모를 사람을 임시로 그곳에 머물게 하면 어떻겠느냐고 제안했습니다.

나는 세 가지 이유로 좋다고 했습니다. 우선 그곳은 아주 외진 곳입니다. 둘째, 핍 씨가 직접 그곳에 가지 않고도 그 낯선 사람의 안부를 전해들을 수 있습니다. 셋째 적절한 시간이 되었을 때 그 사람을 배에 태워서 외국으로 데려가기에 아주 좋은 곳입니다.

　내가 찬성하자 허버트 씨는 바로 실행에 옮겼습니다. 핍 씨가 집에 없는 사이에 그를 옮겼기에 감시하던 사람들은 혼동에 빠졌을 것입니다. 그래서 당신을 그 집에 들어가지 말라고 한 겁니다. 자, 이제 내가 할 일은 다 했습니다. 여기 그 집 주소가 있습니다.”

　나는 어두워질 때까지 웨믹의 집에 머물러 있다가 저녁 8시가 넘어서서 그의 집을 나섰다. 그리고 선박 제작소들이 있는 풀 구역으로 갔다. 런던교 아래 강변에 위치한 풀 구역은 내게는 낯선 곳이었다. 나는 웨믹이 주소를 알려준 집을 정말 어렵게 찾을 수 있었다. 그 집은 활모양의 내닫이창이 나있었고 문에는 ‘휨플 부인’이라는 문패가 걸려 있었다. 문을 두드리니 나이 지긋한 부인이 나와서 문을 열었다. 그러나 곧장 허버트가 나타나 그녀를 물러나게 한 뒤 나를 응접실로 안내했다.

그가 내게 말했다.

"다 잘 됐어, 헨델. 그 사람도 만족해하고 있어. 물론 너를 애타게 보고 싶어 해. 내 여자 친구는 아버지 곁에 있어. 그녀가 오면 소개시켜줄게."

그때 머리 위쪽에서 쿵쾅거리는 소리가 나더니 으르렁거리는 이상한 소리가 났다. 이어서 고함소리까지 들렸다. 내가 신경을 쓰는 걸 허버트가 눈치채고 말했다.

"그녀 아버지야. 나도 한 번도 본 적이 없어. 참 고약한 양반이야. 럼주 냄새 안 나니? 늘 그걸 마시고 있대. 몸져 누워 있으면서도 저러니 저 고함이 그칠 날도 얼마 안 남은 셈이야."

허버트는 전에도 몇 번 말한 적이 있는 클라라 이야기를 내게 해주었다. 둘 사이의 사랑을 맺어준 것은 이 집의 주인인 휨플 부인이고 그녀 아버지는 아직 그와 클라라의 관계를 모른다는 것이었다.

우리가 이런저런 이야기를 나누고 있는데 스무 살 남짓 돼 보이는 아름다운 아가씨가 나타났다. 정말로 매력적인 아가씨였다. 우리는 함께 맨 위층 선실 모양의 방으로 올라갔다. 그곳에 프로비스가 있었다. 그는 나를 보고도 전혀 놀라지 않았으며 태평스러운 표정이었다. 그런데 불현듯 그가 전보다 좀 온화해진 것 같다는 느낌을 받았다. 너무 막연한 느낌이었지만 정말 그랬다.

나는 그에게 콤피슨에 대해서는 한 마디도 하지 않기로 결심했다. 그랬다가는 프로비스가 콤피슨을 찾으러 나서겠다고 고집을 부려 일을 그르칠 것 같았기 때문이었다. 나는 웨믹이 했던 말을 그에게 정확히 전달했다. 그리고 마차를 사는 등 내 생활방식을 바꾸면 남의 주목을 받을지 모르니 그냥 이대로 지내자고 말했다.

그는 예상 외로 순순히 내 말에 동의했다. 그리고 자못 이성적인 말을 했다. 자기가 돌아온 건 정말 위험한 짓이었으며 그 사실을 잘 알고 있는 이상 무모한 짓은 저지르지 않겠다고 말한 것이다. 그리고 이렇게 자신을 잘 돌보아주는 사람들이 있으니 정말로 마음이 편하다고 했다.

허버트는 자신의 계획을 우리들에게 말해주었다.

"우리들은 모두 노 젓는 데는 선수들이잖아. 전에 노 젓기 경주도 많이 했고. 그러니 적절할 때가 되면 우리가 직접 노를 저어서 강 아래쪽으로 가는 거야. 보트를 빌릴 필요도 없으니 의심도 사지 않을 거야. 그 전에 우리 자주 보트를 강에 띄우고 오르락내리락하자. 그러면 우리가 함께 이곳을 떠날 때 아무도 눈여겨보지 않을 거야. 전처럼 보트 놀이나 하는 줄 알겠지."

나는 그의 계획이 마음에 들었고 프로비스도 기뻐했다. 허버트와 나는 프로비스와 작별하고 템플구역으로 돌아왔다. 다음 날 나는 보트를 구했다. 그날 이후 나는 템플 선착장에서 거의 매일 빈번하게 보트 노 젓기 놀이를 했다. 어떤 때는 허버트와 함께 배를 타기도 했다. 처음에는 블랙프라이어스 다리까지만 가다가 이윽고 런던 다리까지 보트를 몰았다. 그리고 풀 구역의 배들 사이로 보트를 몰았다.

허버트는 1주일에 세 번 이상 그곳에 다녀왔고 아무 일도 없다는 소식을 전해주었다. 하지만 내 마음은 언제나 불안했다. 내가 감시받고 있다는 생각을 떨쳐버리기 힘들었고 주변의 모든 사람들이 의심스러웠다. 강물이 아래쪽을 향해 흐를 때면 그 강물이 뭔가를 싣고 매그위치를 잡으러 흘러간다는 생각에 두려워 떨곤 했다.

아무런 일도 일어나지 않은 채 몇 주가 흘러갔다. 그런데 나를 놀랍게 만든 두 가지 사건이 있었고 사태는 급박하게 흘러가기 시작했다. 때는 2월 하순 어느 날 저녁이었다.

날씨도 을씨년스러운데다 기분도 우울했다. 템플의 집에 들어가 보았자 우울함만 더할 것 같아 나는 저녁 식사 후 연극을 보러 갔다. 웝슬 씨가 주연인 연극이었다. 그동안 그는 열심이었지만 배우로서 성공했다는 이야기는 어디에서도 들려오지 않았다. 그래도 의리상 나는 그의 연극을 가끔 관람했다.

그런데 그날 아주 특이한 일이 벌어졌다. 웝슬 씨가 연기 도중 자주 내가 있는 쪽을 향해 강렬한 눈빛을 보내고 있었던 것이다. 그는 대본과는 상관없이 놀라운 표정을 지었고 덕분에 가뜩이나 서투른 실험정신에 입각해 있던 그의 연기는 완전히 엉망이 되고 말았다. 무대를 향해서 오렌지 껍질이 수도 없이 날아갔다.

극장 문을 나설 때까지도 나는 그가 왜 내가 있는 쪽을 그렇게 노려보았는지 알 수가 없었다. 그런데 내가 밖으로 나서자 웝슬 씨가 문 앞에서 나를 기다리고 있었다.

나는 그에게 악수를 청하며 말했다.

"아저씨, 저를 아주 열심히 쳐다보시더군요."

"그래, 자네를 보았네, 핍. 하지만 자네만 본 게 아냐."

"그럼 또 누구를 보았단 말인가요?"

"정말 이상한 일이야. 하지만 분명히 그자였어."

나는 웹슬 씨의 말에 오싹하는 기분을 느꼈다.

"그자라니요? 누구 말씀이세요? 어서 말씀해주세요."

그는 나와 함께 걸으면서 잠시 아무 말이 없었다. 오싹한 냉기가 다시 몰려왔다.

내가 다시 재촉하자 그가 말했다.

"정말 믿을 수 없는 일이야. 자네도 믿지 않을지 몰라."

"도대체 누굴 보셨기에 그러시는 거예요? 어서 말씀해주세요, 제발요."

"핍군, 자네가 아주 꼬마였을 때 어떤 크리스마스 날 기억나나? 두 명의 탈주범 추격전을 우리가 함께 따라가서 구경하던 날."

나는 망치로 한 대 맞은 기분이었다. 그가 다시 말을 이어갔다.

"그때 두 죄수가 싸움을 하고 있었지? 그중 한 명이 심하게 얻어맞아 얼굴 여기저기에 상처투성이였던 것도 기억나지?"

"그럼요, 생생히 기억나지요."

"그때 사방이 칠흑처럼 어두운데 횃불이 그들 얼굴만 환하게 비추고 있었지. 그들 중 한 명이 오늘 바로 자네 뒤에 앉아 있었네."

나는 속으로 '침착해야 해'라고 다짐했다.

"그들 중 누구를 보신 건데요?"

"얼굴에 심한 상처를 입었던 자라네. 확실해. 내가 또렷이 기억하고 있거든. 어둠 속에 불빛을 받아 또렷하게 그 얼굴이 드러나 있었으니까."

나는 속으로 충격을 받았지만 겉으로는 태연한 척했다.

"정말 이상한 일이네요. 그 사람이 어떻게 제 뒤에 앉아 있었지요?"

"게다가 자네를 유심히 보고 있던데."

나는 공포감에 사로잡혔다. 내가 아무리 은밀하게 움직였어도 그는 어둠 속에서 내 행동을 계속 지켜보고 있었다는 생각에 몸이 떨리지 않을 수 없었다.

나는 아무렇지도 않은 척하며, 웹슬 씨에게 저녁을 대접하고 집으로 돌아왔다. 집으로 돌아오니 허버트가 나를 기다리고 있었다. 우리는 난롯가에 앉아 진지하게 상의를 했다. 하지만 이 일을 웨믹에게 알리는 것 외에는 뾰족한 대책이 없었다. 그의 성채에 너무 자주 가는 것도 남에게 의심을 살 수 있다는 생각에 그에게 편지를 써서 부쳤다. 우리가 할 수 있는 일은 전보다 더 주위를 유심히 살피고 조심하는 것밖에 없었다.

그런 일이 있은 지 1주일 후였다. 나는 런던교 아래 부둣가에 내 보트를 매어 놓고 돌아오는 길이었다. 이른 오후였고 나는 식사할 곳을 정하지 못해 칩사이드 쪽을 어슬렁거리고 있었다. 그때 어떤 커다란 손이 내 어깨위에 놓이는 것이 아닌가? 깜짝 놀라 뒤를 돌아보니 재거스 씨였다.

그가 아직 식사 전이냐고 물었고 그렇다고 대답하자 그가 함께 식사를 하자고 했다. 나는 사양하고 싶었다. 하지만 그가 웨믹도 함께 할 거라고 하며 다시 권하자 나는 받아들였다.

사무실로 돌아간 우리는 웨믹과 함께 마차를 타고 제라드가의 재거스 씨 집으로 갔다. 집에 도착하니 식사는 이미 차려

저 있었다.

식사를 시작하자 이내 재거스 씨가 웨믹에게 물었다.

"미스 해비셤이 보낸 편지를 핍 군에게 보냈나, 웨믹?"

"아직 안 보냈습니다, 변호사님. 우편으로 보내려던 참이었는데 마침 핍 씨가 사무실로 왔습니다."

웨믹은 그 편지를 내가 아니라 자기 상사에게 주었다. 재거스 씨가 그 쪽지를 내게 건네면서 말했다.

"두 줄짜리 쪽지네, 핍 군. 자네 주소를 모른다고 미스 해비셤이 내게 보냈다네. 뭔가 자그마한 일이 있어 자네를 보기 원한다는 내용이네. 어디, 내려가볼 텐가?"

내가 흘낏 쪽지를 보니 그가 말한 그대로였다.

"네, 즉시 내려가보겠습니다."

나는 다음 날 내려가보리라 마음먹고 답했다.

그런데 재거스 씨 입에서 뜻밖의 이야기가 나왔다.

"그런데 말일세, 핍! 우리의 친구 거미 군이 카드놀이를 했네. 그런데 판돈을 다 휩쓸어버렸어."

느닷없이 드럼믈 이야기를 그가 왜 하는 것일까? 혹시 내게 무언가 알려줄 일이 있는 것 아닐까?

"앞날이 촉망되는 친구야. 하지만 결국 자기 식대로 해나갈 수는 없을 거야. 결국은 더 의지가 강한 사람이 이기게 되어 있지."

"무슨 말씀이신지?"

"아, 드럼믈 부부 이야기야. 자네 드럼믈이 에스텔라와 결혼한 사실을 모르고 있었나? 어쨌든 둘 중 강한 쪽이 이길 거야. 그 거미 녀석은 결국 그녀를 때리거나 움찔하면서 으르렁거리게 되겠지."

나는 둘이 결혼하리라는 것을 이미 예상하고 있었다. 그리고 지금쯤 결혼했으리라는 생각도 하고 있었다. 하지만 막상 재거스 씨 입을 통해 그 사실이 밝혀지자 가슴뿐 아니라 얼굴까지 타오르는 것 같았다.

재거스 씨가 와인을 잔에 채우면서 말했다.

"자, 어쨌든 벤틀리 드럼믈 부인을 위해 건배하세! 둘의 주도권 싸움에서 부인에게 만족할 만한 결과가 나길 기원하세. 둘 다 만족하는 식으로는 절대로 결말이 나지 않을 테니까. 어이, 몰리, 몰리! 오늘은 왜 이렇게 음식이 느려터지게 나오는 거야!"

그때 그녀는 접시를 식탁 위에 놓으며 그의 바로 옆에 서 있었다. 그런데 그녀가 음식을 놓으려고 식탁에 손을 내밀었을 때 그녀의 손가락 움직임이 나를 놀라게 했다. 그 움직임은 꼭 뜨개질을 하던 어떤 손가락의 움직임과 같았다.

그녀는 그녀의 주인 얼굴을 쳐다보며 서 있었다. 그녀의 눈빛은 매우 강렬했다. 그렇다! 나는 최근에 분명 그런 눈빛과 그런 손을 본 적이 있었다.

재거스 씨는 그녀를 내보냈다. 그러나 그녀는 여전히 그곳에 있는 것처럼 내 눈 앞에 생생히 남아 있었다. 내 눈 앞에 그 손이, 그 눈이, 그 찰랑이는 머리카락이 여전히 있었다. 그리고 그것들을 내가 알고 있는 또 다른 손과 눈, 그리고 머리카락과 비교해 보았다. 그리고 나는 확신했다. 그 또 다른 손과 눈, 그 머리카락이 난폭한 남편 밑에서 20년 모진 생활을 겪은 후에는 꼭 저렇게 변하리라!

그렇다! 나는 확신했다. 몰리는 에스텔라의 어머니인 것이다! 재거스 씨의 가정부 몰리는 단 두 번에 걸쳐 아주 짧은 시간 식탁에 나타났을 뿐이다. 나는 다시 한 번 그녀의 손이 에스텔라의 손이며, 그녀의 눈이 에스텔라의 눈인 걸 확인했다.

나는 온통 궁금증에 사로잡혔다. 식사가 지루할 수밖에 없었다. 이윽고 식사가 끝나고 나와 웨믹은 재거스 씨와 작별 인사를 한 후 밖으로 나왔다. 식사 내내 웨믹은 내가 월워스에서 본 진짜 웨믹이 아니었다. 월워스의 웨믹과 겉모습만 똑같은 또 다른 쌍둥이 웨믹이었다.

　재거스 씨와 작별을 하고 밖으로 나오자 그는 월워스의 진짜 웨믹이 되었다. 나는 그 진짜 웨믹과 팔짱을 끼고 나란히 걸었다.

　어느 정도 말없이 걸은 후에 내가 그에게 말했다.

　"언젠가 재거스 씨 댁 가정부를 눈여겨보라고 한 적이 있었지요? 사나운 맹수 같다는 이야기도 해준 것 같아요. 그런데 재거스 씨가 그녀를 어떻게 길들인 거지요?"

　"그건 그의 비밀입니다."

　"그녀 이야기를 좀 해주세요. 정말 궁금해요. 우리 둘 사이 이야기니까 다른 데로 퍼지지 않으리라는 건 잘 아시겠죠?"

　"나는 그녀의 내력을 전부 다 아는 건 아닙니다. 하지만 내가 아는 내용은 다 말해주지요. 물론 우리는 지금 사적인 이야기를 나누고 있는 겁니다."

제3부

75

"물론이지요."

"20여 년 전 그녀는 살인죄로 재판을 받았는데 무죄로 방면되었답니다. 아주 아름다운 아가씨였는데, 아마 집시 혈통을 어느 정도 물려받은 것 같았습니다. 아주 열띤 재판이었지요."

그가 약간 뜸을 들이더니 다시 말을 이었다.

"재거스 씨가 그녀의 변호를 맡았습니다. 그는 초짜였고 사건은 가망이 없어 보였습니다. 누구나 그녀를 진범으로 생각했으니까요. 그런데 그는 정말 경탄할 만한 방법으로 그 사건을 처리했습니다. 그 사건이 지금의 그를 만들었다고 해도 과언이 아닙니다.

그는 아직 직접 변론할 처지가 아니었는데도 법정 변호사 옆에서 일일이 코치를 해주었습니다. 한 여자가 살해당한 사건이었는데 그녀보다 나이가 열 살은 더 많고 몸집도 훨씬 크고 게다가 힘도 훨씬 센 여자였습니다.

둘 다 떠돌이 생활을 하고 있었지요. 여기 제라드 가에 살고 있는 여자는 아주 어린 나이에 어떤 뜨내기 남자와 결혼을 했습니다. 사실 죽은 여자 나이가 결혼에 더 어울릴 만한 나이였지요. 누가 누구를 질투했는지는 모르지만 그 여자와 죽은 여자 사이에 질투심에 사로잡힌 싸움이 벌어졌습니다. 나이 어린 여자가 질투를 했다고들 했지만 나는 잘 모르겠습니다. 그 나이든 여자는 하운슬로히스 벌판 인근 헛간에서 죽은 채 발견되었습니다. 온몸에 타박상과 할퀸 자국이 있었고 목이 졸려 질식사했습니다.

누가 봐도 그 나이 어린 여자가 죽인 게 분명했습니다. 하지만 재거스 씨는 그녀가 그런 짓을 저지르는 건 불가능하다는 데 초점을 맞춰서 변론했고 결국 모두를 설득하는 데 성공했습니다. 지금도 가끔 그러지만 그때 그는 그녀의 손아귀 힘을 감추려 애를 썼지요.

당시 그녀는 아주 묘한 옷을 입고 있어서 누가 보기에도 정말 가냘프게 보였습니다. 팔도 아주 연약해 보였고요. 아마 재거스 씨 솜씨일 겁니다. 그런데 그녀를 기소한 측에서 그녀의 또 다른 살인사건을 들먹였습니다. 남편과 자기 사이에 낳은 아이를, 세 살쯤 되었지요, 도망간 남편에 대한 복수심에 죽였다는 것입니다.

그러자 재거스 씨가 이렇게 변론했습니다. '당신들이 제기

한 가설이 사실일지도 모릅니다. 하지만 우리는 지금 자기 아이를 죽였다는 죄목으로 이 여자를 재판하고 있는 게 아닙니다. 이 여자 손목의 상처요? 우리는 그 상처가 이미 다른 곳에서 생긴 것임을 증명했습니다. 여러분은 거짓 증거를 사건 입증에 사용하고 있다는 혐의를 벗기 어려울 겁니다.' 물론 내가 지금 간단하게 설명하고 있지만 재거스 씨의 논변은 그 누구도 반박할 수 없을 정도로 치밀하고 화려했습니다. 결론적으로 재거스 씨는 검사가 감당하기에는 너무나 벅찬 상대였습니다. 배심원들도 모두 그에게 고개를 끄덕였고요."

"그 이후로 그녀가 그의 시중을 들며 살게 된 건가요?"

"그렇지요. 그때부터 그녀는 길들여진 유순한 모습으로 그의 시중을 들게 된 거지요."

"그 여자가 죽였다는 그 아이는 사내 아이였나요, 계집 아이였나요?"

"여자 아이라고 알려져 있지요."

나는 그와 헤어져 집으로 갔다. 새롭게 생각해볼 문제가 생긴 것이었다.

4

　나는 다음 날 마차를 타고 고향읍내로 내려갔다. 미스 해비셤을 만나기 위해서였다. 나는 도중에 마차에서 내려 한적한 길을 통해 마을로 걸어갔다. 돌아올 때도 같은 방식을 택할 예정이었다. 아무에게도 내 모습을 보이기 싫어서였다.

　미스 해비셤의 저택을 향하는 나의 마음은 그 어느 때보다 어두웠다. 에스텔라가 영원히 떠났다고 생각하니 모든 것이 이전과 달랐다. 초인종을 누르니 내가 전부터 알고 있던 나이든 하녀가 문을 열어주었다. 미스 해비셤은 평소의 자기 방에 있지 않고 피로연 탁자가 있는 건너편 큰 방에 있었다. 문간에서 안을 들여다보니 그녀는 벽난로 옆 의자에 앉아 난로 불빛을 멍하니 바라보고 있었다.

나는 늘 하던 대로 벽난로 앞에 섰다. 그녀가 고개를 들면 바로 눈에 들어올 수 있는 곳이었다. 그녀는 더없이 쓸쓸해 보였다. 내게 그렇게 큰 상처를 준 장본인임에도 불구하고 나는 그녀에게 연민의 정을 느꼈다. 그리고 세월의 흐름 속에 나 또한 그 집의 일부처럼 몰락한 것이라는 기분에 젖었다.

그녀가 나를 보고 말했다.

"정말 너로구나."

"네, 접니다, 핍입니다. 재거스 씨가 전해준 쪽지를 받고 바로 달려왔습니다."

"고맙다. 지난번 네가 부탁했던 문제를 해결해주기 위해 불렀다. 내가 돌처럼 차가운 사람이 아니라는 걸 네게 보여주고 싶었다. 너는 여전히 내게 사람다운 면은 남아 있지 않다고 믿고 있겠지만."

나는 열심히 그렇게 생각하지 않는다고 그녀를 안심시켰다. 그녀가 다시 말했다.

"그래, 네 친구를 위해 무언가 해줄 게 있다고 했지? 어디 설명해봐라."

나는 허버트의 합자 회사에 관한 전말을 모두 그녀에게 설명했다. 내가 그 일을 혼자 힘으로 완수하고 싶었지만 이제 그럴 형편이 못 된다는 것도 설명했다.

그러자 그녀가 물었다.

"그래, 허버트가 동업자 권리를 완전히 얻는 데 얼마가 필요하다는 거냐?"

나는 너무 거액이라서 입을 떼기가 어려웠다. 망설이다가 나는 금액을 말해주었다.

"900파운드입니다."

"내가 그 돈을 네게 준다면 네가 그 일을 비밀로 했듯이 이 일도 비밀로 해주겠지?"

"충실하게 비밀을 지켜드리겠습니다."

"자, 그 일은 됐다고 치고, 내가 너를 위해 해줄 수 있는 일은 없겠느냐?"

"없습니다. 정말로 없습니다."

그녀는 연필로 수첩에 몇 자 적었다.

"좋아. 너 재거스 씨를 아직도 만나고 있지? 여기 너에게 돈을 지급하라는 「위임장」이 있다. 나는 이곳에 돈을 두지 않는다.”

그녀는 수첩을 내게 건네주었다. 그녀는 나를 똑바로 바라보지도 않고 말했다.

“내 이름이 첫 장에 적혀 있다. 혹시 그 내 이름 밑에 ‘나는 그녀를 용서합니다’라고 써줄 수 있겠느냐? 오랜 세월이 지나 내가 흙먼지로 변해버린 다음에 말이다.”

“오, 미스 해비셤. 지금 당장 해드릴 수 있습니다. 저도 용서를 빌어야만 하는 사람입니다. 제게는 미스 해비셤을 용서하지 못할 이유가 없습니다.”

계속 나를 외면하고 있던 그녀가 처음으로 내게 얼굴을 돌렸다. 그런데 놀랍게도 그녀가 내 발치에 무릎을 꿇는 것이 아닌가! 나는 온몸에 전율을 느꼈다. 내가 그녀를 일으키기 위해 그녀의 몸에 팔을 두르자 그녀는 내 손을 움켜쥐고 울음을 터뜨렸다.

그녀는 아예 바닥에 주저앉아 외쳤다.

“아아, 내가 무슨 짓을 했던 거지! 도대체 무슨 짓을 했던 거야!”

나는 어떻게 해야 할지 몰랐다. 그녀는 계속 같은 말만 반복하고 있었다. 나는 헛된 후회와 슬픔에 사로잡혀 있는 그녀를 동정심에 가득 차서 바라보는 수밖에 없었다.

"그래, 네가 그 애에게 고백하는 모습을 보고, 그리고 네 모습에서 한때 내 모습이라고 생각했던 모습을 보고서, 나는 비로소 내가 무슨 짓을 했는지 알게 되었다. 그전까지는 내가 무슨 짓을 했는지도 모르고 있었다. 아아, 내가 무슨 짓을 했단 말이냐!"

나는 용기를 내어 말했다.

"미스 해비셤, 저에 대해서는 양심의 가책을 안 느끼셔도 됩니다. 하지만 에스텔라의 경우는 이야기가 다릅니다. 그녀가 지닌 올바른 본성을 빼앗으신 건 잘못하신 거예요. 그녀에게 저지른 잘못 중, 작은 한 가지라도 되돌리실 수 있다면 이렇게 과거를 후회하고 슬퍼하시는 것보다는 나을 겁니다."

"그래, 그래, 나도 안다. 하지만, 핍. 내 말을 정말 믿어다오. 그 애가 여기 처음 왔을 때 나는 그 애가 나 같은 불행에 빠지지 않도록 도와줄 작정이었단다. 하지만 그 애가 자라면서 점점 더 아름다워지자 나는 그 애 가슴에 차디찬 얼음을 채워

넣었다. 나는 그 애를 통해 내 복수를 하려고 한 것이다."

그녀는 또다시 '내가 무슨 짓을 한 거야!'라고 부르짖었다.

"하지만 핍, 네가 내 사연을 안다면 나를 조금은 불쌍하게 생각해줄 거다. 내가 왜 그랬는지 이해해줄 거다."

나는 아주 조심스럽게 내가 미스 해비셤의 사연을 안다고 말했다. 그리고 나는 덧붙였다.

"미스 해비셤, 제가 질문 하나 드려도 될까요? 에스텔라에 관한 질문입니다."

"계속해봐라."

"에스텔라의 어머니가 누구인지요?"

"나는 모른다."

"그렇다면, 혹시 재거스 씨가 그녀를 이리로 데려왔나요?"

"그렇다. 그 애를 데려온 건 재거스 씨였다. 내가 이 방에 처박혀 있으면서 여자 아이를 원한다고, 나를 구원해줄 그런 여자 아이를 원한다고 그에게 말했었다."

"그때 에스텔라가 몇 살이었는지 물어봐도 될까요?"

"두 살 아니면 세 살이었다."

내가 확신하고 있던 게 사실로 드러난 순간이었다. 이제 더 이상 이곳에 있을 이유가 없었다. 허버트를 위한 일은 성사되었고 미스 해비셤이 에스텔라에 대해 알고 있는 것도 다 들었다. 그리고 미스 해비셤을 진정시키기 위해 할 수 있는 노력은 다 한 셈이었다. 나는 그녀와 작별을 했다.

계단을 내려가 마당으로 들어섰을 때는 땅거미가 내려앉아 있었다. 나는 배웅을 하는 하녀에게 집안을 한 바퀴 돌아보고 싶다고 말했다. 다시는 이 집에 올 일이 없을 것 같았기 때문이었다. 나는 나무 술통들 옆을 지나 정원으로 들어갔다. 나는 허버트와 싸움을 벌였던 정원 구석, 에스텔라와 거닐었던 작은 오솔길도 돌아보았다. 오, 모든 게 얼마나 황량하고 쓸쓸했던지!

정원을 돌아 나오는 길에 나는 양조장 쪽으로 방향을 잡은 뒤 작은 문의 빗장을 열고 양조장 안으로 들어갔다. 그리고 반대편 문으로 나오려는 순간 무심코 고개를 돌렸다. 그런데 그 순간 어린 시절 보았던 영상이 생생하게 되살아났다. 대들보에 대롱대롱 매달린 미스 해비셤의 영상이 보였던 것이다. 너무 실감이 나는 영상이어서 그것이 한낱 환상에 불과하다는 것을 깨달을 때까지 꽤 오랜 시간이 걸렸다.

제3부

비록 짧은 순간이었지만 나는 공포감에 사로잡혔다. 그리고 이상한 예감에 사로잡혔다. 아주 강렬한 예감이었다. 나는 집 안마당으로 들어서면서 대문 쪽이 아니라 건물 쪽으로 걸음을 옮겼다. 미스 해비셤이 잘 있는지 확인하고 싶은 생각이 들었던 것이다.

나는 그녀와 작별 인사를 한 방으로 들어갔다. 그녀는 등을 내게 보인 채 벽난로 가까이 앉아 있었다. 나는 그녀가 무사한 것을 보고 돌아 나오려 했다. 바로 그 순간이었다. 홀연 엄청난 화염이 솟는 게 보였다. 동시에 그녀가 날카로운 비명을 지르며 온몸에 불길을 뒤집어 쓴 채 내가 있는 곳으로 달려오는 게 보였다.

나는 망토가 붙은 상의를 입고 있었으며 팔에는 외투를 걸치고 있었다. 나는 옷가지들을 벗어들고 달려가 그녀에게 덮어 씌웠다. 그리고 식탁보도 끌어당겨 그녀에게 덮어씌우고는 정신없이 그녀를 부둥켜안고 함께 뒹굴었다. 우리는 거대한 식탁 옆 바닥에 쓰러졌고 불씨가 남은 그녀 드레스의 천 조각들이 뿌연 연기가 자욱한 공중에 떠다녔다.

나는 겨우 정신을 차리고 주변을 둘러보았다. 혼란에 빠진

거미 등 온갖 벌레들이 허겁지겁 도망치는 모습이 보였다. 그리고 하인들이 비명을 지르며 달려오는 모습이 보였다. 나는 여전히 그녀를 내리 누르고 있었다.

그녀는 의식이 없었다. 그러나 나는 그녀를 꼭 붙잡고 있었다. 혹시라도 그녀를 놓으면 불길이 다시 되살아나 그녀를 다 태워버릴 것만 같았다. 얼마 후 의사가 조수와 함께 왔다. 나는 그제야 몸을 일으켰다. 그때까지 전혀 의식하지 못하고 있었는데 내 두 손은 심하게 화상을 입고 있었다.

의사는 그녀를 진찰하더니 화상은 그다지 심하지 않다고 했다. 대신 그녀의 신경에 가해진 충격이 위험하다고 했다. 의사는 그녀를 긴 식탁 위에 눕혔다. 그녀는 자기가 죽으면 저 위에 누울 거라고 말했던 바로 그 식탁 위에 정말로 그렇게 누워 있었다.

나는 하인들에게 에스텔라가 지금 어디 있느냐고 물었다. 그녀는 파리에 있었다. 의사는 그녀에게 자신이 소식을 전하겠다고 내게 약속했다. 미스 해비셤의 친척들에게 소식을 전하는 일은 내가 맡았다. 나는 포킷 씨에게만 소식을 전하기로 마음먹었다. 나머지 친척들에게 알리는 일은 그의 소관에 맡기는 편이 나을 것 같아서였다.

　나는 그날 그곳에서 밤을 지냈다. 그녀는 단 한 번 정신이 똑바로 돌아왔을 뿐 곧바로 횡설수설하는 상태에 빠졌다. 그러면서 그녀는 "내가 무슨 짓을 했던 거야!"라는 말과 "내 이름 밑에 '그녀를 용서합니다'라고 써다오"라는 말을 반복했다.

　내가 그곳에 더 있어 봤자 딱히 도움 될 일도 없어서 나는 아침 일찍 그 집을 나섰다. 아침 6시경 몸을 숙여 그녀에게 이별의 입맞춤을 하는 순간에도 그녀는 "내 이름 밑에 '그녀를 용서합니다'라고 써다오"라는 말을 반복하고 있었다.

　런던으로 돌아온 나는 화상 입은 손을 치료했다. 왼손은 팔꿈치까지 심한 화상을 입었고 오른손은 좀 덜했다. 하지만 양손에 다 붕대를 감아야 했기에 매우 불편했다. 허버트는 나를 극진히 간호했다.

　내가 돌아온 날 저녁 허버트와 이야기를 나누면서 나는 또 충격을 받을 수밖에 없었다.

　그가 말했다.

"지난 밤 프로비스하고 두 시간은 함께 있을 수 있었어. 클라라는 저녁 내내 오르락내리락 하면서 영감과 함께 있을 수밖에 없었어. 점차 심하게 마룻바닥을 쿵쾅거리고 럼주를 마셔대니 오래 버틸 수 있을지 의문이야. 어쨌든 프로비스는 한결 유순해졌어."

"내가 고향으로 떠나기 전 네게 그런 이야기 해줬잖아."

"자기 인생에 대해 많은 걸 이야기해줬어. 지금 이야기해줄까? 아니면 네가 불편하니 나중에 해줄까?"

"지금 당장 해줘. 한 마디도 빼놓지 말고."

"자기가 사귀었던 여자 이야기를 해주더라. 그 여자는 어린 데다 질투심이 많았던 것 같아. 복수심도 대단했고. 암튼 프로비스 말로는 그렇다는 거야. 그러니 살인 사건에 연루가 되었겠지. 그녀가 살인혐의로 재판을 받았고 재거스 씨가 변호했다는 거야. 프로비스가 재거스 씨를 알게 된 것도 그 덕분이라더군. 죽은 사람은 나이가 많고 힘센 여자였다는데 목 졸려 죽었대."

"그래서 그가 알던 여자는 어떻게 되었대?"

"무죄로 풀려났대. 그런데 헨델, 손이 많이 아프니? 표정이 왜 그래?

"아니야, 괜찮아. 그래서 어떻게 됐대?

"그 여자와 프로비스 사이에 아이가 있었나봐. 프로비스가 끔찍이도 귀여워하던 아이였나봐. 그 여자가 질투했던 여자가 목 졸려 죽은 날 그 어린 여자가 잠깐 프로비스 앞에 나타나서 말했다더군. 자기가 데리고 있던 아이를 죽여 버리겠다고, 그래서 다시는 프로비스가 그 아이를 보지 못하게 하겠다고 말하고는 사라졌다더군. 오, 핍. 너 정말 팔이 많이 아프구나. 얼굴도 창백하고 호흡이 너무 가쁜 것 같아. 자, 상처가 심한 왼쪽 팔을 이렇게 멜빵에 걸어봐. 그러면 훨씬 나을 거야."

나는 겨우 호흡을 가다듬고 허버트에게 말했다.

"그래서? 그 여자가 프로비스에게 말한 대로 했대?"

"왜 아니겠어? 프로비스도 그렇게 생각하던데. 자기가 증인으로 나서면 죽은 아이 이야기도 해야 되고 그렇게 되면 그 어린 여자에게 불리할 것 같아 자기는 도망쳐서 숨어버렸대. 그런 후 그 여자가 무죄로 풀려났다는 소식만 들었을 뿐 어떻게 되었는지는 모른대. 그렇게 해서 그는 딸과 아내, 두 여자를 동시에 잃게 된 거야."

나는 다시 기운을 냈다.

"자, 내가 한 가지만 묻자."

"그전에 이야기를 마저 마무리할게. 그때 그 흉악한 악당 콤피슨이 그가 숨어 지내는 이유를 모두 알게 되었대. 그걸 가지고 프로비스를 협박하고 가혹하게 부려먹은 거지. 그래서 프로비스가 콤피슨을 향해 맹렬한 적개심을 지니게 된 거야. 단순히 자기 죄를 뒤집어 씌워서 그러는 게 아니라는 걸 어제 알게 되었어."

"이제 다 끝났지? 그럼 하나만 물을게. 이 사건이 언제 일어났는지 그가 이야기했어?"

"대략 20년 전쯤인 것 같아. 네가 그를 묘지 근처에서 만난 게 일곱 살 때지? 그보다 한 3~4년 전인 것 같아. 그 사람 딸 때문에 너를 더 애틋하게 생각했다고 하더군. 살아 있었으면 너와 비슷한 나이일 거라고."

이제 모든 것이 확실했다.

잠시 침묵을 지키다가 내가 허버트를 불렀다.

"허버트, 이리 와서 나를 자세히 봐. 자, 난로 불빛에 똑바로 비추고 봐."

그가 내게로 가까이 왔다.

"자, 나를 만져봐."

그가 이상하다는 표정으로 나를 만졌다.

"자, 나는 분명히 나지? 이상하다는 생각 안 들지? 나 분명히 멀쩡하게 살아 있지?"

"그럼. 도대체 왜 이러는 거야?"

"내가 머리가 이상해져서 헛소리 한다고 생각하지 마."

"글쎄, 그런 생각 안 한다니까. 넌 지극히 정상이야. 좀 흥분해 있는 건 사실이지만……."

"그래, 난 정상이야. 분명 멀쩡한 정신으로 말한다. 우리가 강 아래 숨겨놓은 그 사람, 프로비스라고도 하고 매그위치라고도 하는 그 사람, 그 사람이 바로 에스텔라의 아버지야!"

프로비스가 에스텔라의 아버지라는 건 이제 너무나 분명했다. 하지만 나는 그걸 확실하게 증명하고 싶었다. 도대체 내게 왜 그런 마음이 든 것인지 스스로 묻지도 않았다. 그냥 그러고 싶었을 뿐이었다.

방법은 하나밖에 없었다. 그 모든 것을 환하게 꿰뚫고 있는 단 한 사람, 그 사람을 만나보는 것이었다. 그는 바로 재거스 씨였다. 그날 밤 당장 제라드 가로 가려는 나를 내 상처에 안정이 필요하다며 허버트가 말리는 바람에 나는 억지로 참아야만 했다.

다음 날 허버트는 자기 일터로 갔고 나는 리틀 브리튼으로 갔다. 재거스 씨는 웨믹과 함께 있었다. 하지만 웨믹이 있다고 해서 문제가 될 건 없었다. 그의 입은 우체통 입이 아니던가.

팔에 붕대를 칭칭 감고 외투를 어깨에 걸친 내 모습 덕분에 재거스 씨와의 면담은 오히려 자연스러울 수 있었다. 내가 끔찍했던 참사를 설명하는 동안 재거스 씨는 평소 버릇대로 난롯가에 서 있었다. 웨믹은 두 손을 바지 주머니에 찔러 넣고 펜은 우체통 입에 문 채, 나를 뚫어져라 바라보며 의자에 앉아 있었다.

설명이 모두 끝난 뒤 나는 미스 해비셤이 준 900파운드 지급 「위임장」을 꺼냈다. 재거스 씨는 아무 질문도 없이 그걸 웨믹에게 건네며 자신이 서명할 수표를 작성하라고 했다. 나는 웨믹이 작성하고 재거스 씨가 서명한 수표를 호주머니에 넣었다.

제3부

93

나는 잠시 뜸을 들였다가 재거스 씨에게 말했다.

"실은 제가 미스 해비셤에게 부탁한 일이 또 한 가지 있었습니다. 그리고 그분 양녀와 관련된 정보를 알게 되었습니다."

그가 조금 놀라는 표정을 지었다.

내가 재빨리 말했다.

"변호사님, 실은 제가 그 양녀의 친어머니가 누구인지 알고 있습니다."

재거스 씨가 미심쩍은 표정으로 나를 바라보며 말했다.

"어머니? 친어머니?"

"그렇습니다. 최근에 그녀의 어머니를 본 적이 있습니다."

"그래?"

"변호사님도 함께 보았지요. 사실 변호사님은 저보다 훨씬 자주 그녀를 만나고 있습니다."

"그래?" 그는 여전히 평온한 말투로 대답할 뿐이었다.

"실은 그녀의 내력에 대해 제가 변호사님보다 더 많은 걸 알고 있을 겁니다. 저는 그녀의 아버지가 누구인지도 압니다."

순간 재거스 씨가 흠칫 놀라는 몸짓을 해 보였다. 그는 워낙 냉정해서 자기가 미리 짐작하고 있던 사실에는 절대로 동요하지 않는 사람이었다. 그가 멈칫하는 걸 보고 나는 그녀의 아버지에 대해서는 그도 모르리라는 것을 확신했다. 사실 나는 프로비스가 에스텔라의 아버지라는 사실을 재거스 씨가 모를 것이라 어렴풋이 짐작하고 있었다. 살인 사건이 4년이나 흐른 후에 프로비스가 자신의 사건 변호인으로 재거스 씨를 선임했고 재거스 씨가 그를 의뢰인으로 받아들인 것이 그 증거였다. 만일 프로비스가 에스텔라의 아버지란 사실을 알았다면 재거스 씨는 무슨 핑계를 대서라도 그 사건을 맡지 않았을 것 아닌가?

무심한 표정으로 "그래?"라고만 반문하던 재거스 씨가 비로소 입을 열어 말했다.

"그러니까 자네가 그 아가씨의 아버지를 안단 말인가, 핍?"

"그렇습니다. 그리고 그의 이름은 프로비스입니다. 뉴사우스웨일스에서 온 사람입니다."

내 말에 아무리 재거스 씨라고 해도 놀라지 않을 수 없었다. 하지만 사람이 보일 수 있는 가장 가벼운 놀람이었고 순간적인 동작이고 표정이었다. 그러나 나는 그것을 놓치지 않았다.

"그래, 무슨 증거로 그런 말을 하는 건가? 그가 직접 그렇게 말하던가?"

"그는 아무 말도 하지 않았습니다. 그는 자기 딸이 살아 있다는 것도 모르고 있습니다."

이번만은 그도 어느 정도 자제력을 잃은 것 같았다. 그는 무섭도록 날카롭게 나를 쏘아보았다.

나는 그에게 그 사실을 알게 된 경위를 모두 설명했다. 그리고 내가 에스텔라를 열렬히 사랑했으며 지금도 사랑하고 있다고 말했다.

재거스 씨는 내 이야기를 들으면서 평온을 되찾았다. 하지만 확실히 평소의 그와는 달랐다. 그는 내 이야기를 듣더니 회상에 잠긴 듯 두세 차례 고개를 끄덕이더니 한숨을 내쉬었다. 그의 입에서도 한숨이 나올 수 있다는 것을 나는 그때 처음 알았다.

"핍, 자네의 그 가련한 꿈에 대해서는 이야기 말기로 하세. 그런 꿈이야 자네가 나보다 훨씬 생생하게 많이 꾸었을 테니 나보다 훨씬 잘 알거야. 자, 다른 문제 이야기를 해보지. 내가 자네에게 가상적인 상황을 제시해보겠네. 그전에 명심하게. 난 아무것도 시인하는 것이 아니라네."

나는 그가 아무것도 시인하는 것이 아니라는 것을 내가 확실히 받아들일 때까지 기다렸다. 이윽고 그가 입을 열었다.

"자, 핍. 이런 상황을 가정해보세. 자네가 말했던 상황에 처한 여자가 자기 아이를 숨겨놓고 있었다고 말이야. 그런데 그 여자의 변호를 맡은 변호사가 모든 것을 다 알아야 변호할 수 있다고 하는 바람에 그 사실을 털어놓을 수밖에 없었다고 치세. 동시에 그 변호사는 어떤 괴팍한 여자로부터 양녀로 키울 여자 아이를 하나 데려다 달라는 부탁을 받았다고 쳐보세. 다시 말하지만 이건 다 사실이 아니라 가상일세."

"잘 알겠습니다, 변호사님."

"그리고 그런 상황에 처한 아이들이 결국 어떻게 타락의 구렁텅이로 빠지는지 그 변호사가 하도 주변에서 많이 보아서 잘 알고 있었다고 치세. 핍, 그런데 그런 구렁텅이에서 빠져나와 구원받을 수 있는 한 예쁜 여자 아이가 있었다고 치세. 그 변호사는 어떻게 했을까? 아마 그 아이 어머니에게 이렇게 말했겠지. '난 당신이 한 짓을 알고 있어. 당신이 어떻게 그런 짓을 했는지도 알고 있고. 나는 당신이 의혹에서 벗어나려고 어떤 짓을 했는지도 다 알아. 나는 그걸 당신을 변호하는

제3부

97

데 썼고. 아이와 헤어져. 아이를 내 손에 넘기면 내가 최선을 다 하지. 당신이 구원된다면 아이도 구원되는 거야' 결국 그 변호사 말대로 되었고 그 여자는 무죄로 방면되었다고 가정해보게."

"변호사님 말씀, 완벽하게 이해했습니다."

"그 여자가 무죄 방면되자 보호받기 위해서 그 변호사에게 갔다고 가정해보게. 그가 그녀를 받아들였고 그녀의 난폭한 본성이 되살아날 때마다 옛날 방식으로 강하게 눌러왔다고 가정해보게. 어때, 그런 일이 있을 수 있겠나?"

나는 묵묵히 고개를 끄덕였다.

"자, 이제 내가 하고 싶은 이야기를 하겠네. 그 아이가 자라나서 돈 때문에 결혼을 했다고 치세. 그 아이 어머니는 아직 살아 있고 아버지도 살아 있으며 그 사실을 자네만 눈치채게 되었다고 쳐보세. 자, 자넨 누구를 위해서 그 비밀을 밝히려는 건가? 그 아버지를 위해서? 내 생각에는 그에게 그 애의 아버지란 사람이 나타난다고 해서 그가 더 나은 삶을 살 것 같지는 않네. 그렇다면 그 어머니를 위해서? 그녀는 이미 엄청난 죄를 지은 사람이니 지금 사는 곳에서 사는 게 훨씬 더 안

전할 거네. 그렇다면 그 딸을 위해서? 그 사실을 그 남편이 알면 어떻게 되겠나? 20년 만에 이제 겨우 편하게 살게 된 마당에 다시 수치스러운 과거로 되돌아가라고? 핍, 내 분명히 말하겠네. 그런 짓을 하느니 차라리 자네의 그 붕대로 감은 두 손을 잘라버리는 게 나을 거네."

그러더니 재거스 씨는 천연스럽게 웨믹에게 말했다.

"자네, 핍 군이 들어왔을 때 무슨 일을 하고 있었지?"

그러더니 두 사람은 일 이야기를 했다. 나는 어정쩡한 자세로 서 있다가 그 현명한 변호사와 조수 앞을 물러나올 수밖에 없었다.

제3부

5

리틀브리턴을 떠난 후 나는 수표를 주머니에 넣고 회계사인, 미스 스키핀스의 오빠에게 갔다. 그는 곧바로 클래리커 상사로 가서 클래리커를 불러왔다. 나는 대단히 만족스럽게 계약을 마무리 지었다. 유산을 상속받게 되었음을 알게 된 이후 행한 나의 단 한 가지 착한 행동이었으며, 유일하게 완결을 본 일이었다.

클래리커는 자기 상사가 꾸준하게 성장을 해나가고 있다고 내게 말했다. 또한 사세 확장을 위해 근동에 작은 규모의 지사를 설립하게 되었으며 허버트가 동업자 자격으로 그곳의 책임자 일을 맡게 될 것이라고 말했다. 친구가 잘되는 것은 좋은 일이었지만 허버트와 헤어져야만 한다는 것이 가슴 아팠다. 마치 마지막으로 닻을 내리고 있던 곳에서 닻이 뽑혀버리고, 곧 바람과 파도에 떠밀려 다니는 신세가 될 것 같은 느낌이 었다.

그날 허버트는 들뜬 목소리로 자신에게 큰 변화가 일어나게 되었다고 내게 말했다. 자기가 『아라비안나이트』의 나라로 클라라를 데려가게 되었으며 나도 언젠가 합류해서 나일강가에서 보트를 타게 될 거라고 말했다. 그는 내가 그 소식을 미리 알고 있으리라고는 꿈에도 생각하지 못했다. 허버트가 미래의 낙원을 그리며 기뻐하는 모습이 그나마 내게는 위안이 되었다.

때는 3월 초순이었다. 화상을 입은 왼쪽 팔은 여전히 불편했지만 오른쪽 팔은 웬만큼 쓸 만한 상태였다.

내가 허버트와 아침을 들고 있는데 웨믹으로부터 편지가 왔다.

이 편지를 읽는 즉시 태워버리세요. 이번 주 초, 즉 수요
일에 당신이 생각하고 있는 일을 시도할 수 있을 것 같

습니다. 당장 태워버리세요.

편지를 허버트에게 보여준 후 난롯불에 던져넣고 우리는 상의를 했다. 허버트는 이 일을 위해 뱃사공을 부리는 것보다 스타톱에게 부탁하자고 했다. 그는 노 젓는 솜씨가 훌륭한데다 의리도 있으니 우리를 충분히 도와줄 거라고 했다. 나는 물론 동의했다. 실은 나도 그 친구를 염두에 두고 있었던 것이다.

나는 갈 곳이 어디가 되었건 프로비스와 함께 갈 생각이었다. 우리는 템스강 하류까지 보트를 저어가서 만조 때 런던을 떠나는 외국 기선들을 만나 도움을 요청하리라고 계획을 세웠다. 조금 무모해 보이기는 했지만 다른 방법이 없었다.

우리는 만조 때 런던을 떠나는 기선들을 면밀히 조사했다. 마침 우리 계획에 걸 맞는 함부르크 행 기선이 있었다. 계획이 수립되자 나는 필요한 여권을 발급받으러 갔고 허버트는 스타톱을 만나러 갔다.

우리는 무사히 임무를 마쳤다. 나는 여권을 발급받았고 스타톱은 흔쾌히 우리의 일에 동참하기로 했다. 우리는 허버트와 스타톱이 노를 젓고 내가 키를 잡기로 결정했다. 수요일에 일을 결행하기로 하고 우리는 헤어졌다.

집으로 가자 우편함에서 편지 한 통을 발견했다. 꽤나 지저분한 편지였으며 우편을 이용한 게 아니라 인편으로 전한 편지였다. 나는 얼른 편지를 읽어보았다.

오늘 밤이나 내일 밤 9시에 옛날 그 습지대에 있는 석회 가마 근처 수문 관리소 건물로 올 의향이 있는가? 겁이 난다면 오지 않아도 좋다. '당신의 숙부 프로비스'에 관한 정보를 원한다면 오는 게 좋을 거다. 누구에게도 얘기하지 말고 시간을 지키는 게 좋을 것이다. 반드시 혼자 와야 한다. 이 편지를 갖고 와라.

나는 의심이 들었지만 편지에 쓰인 대로 하기로 했다. 큰 모험을 앞두고 작은 모험 따위는 가볍게 생각했는지도 모른다. 게다가 '프로비스 숙부'에 관한 정보라는 말이 나를 유혹했다. 혹시 그 정보가 탈출에 도움이 되는 정보가 아닐까 하는 생각까지 들고 보니 이것저것 따질 겨를도 없었다. 편지에 쓰인 대로 하려면 서둘러야 했다. 내일은 탈출 준비를 위해 시간을 낼 수 없을 것이니 오늘이라야 했다. 시계를 보니 고향 행 오후 마차가 30분 안에 떠나게 되어 있었다.

나는 허버트에게 급히 고향에 다녀올 일이 생겼다는 쪽지를 남기고 부랴부랴 밖으로 나와 마차를 잡아타고 역마차 사무실로 내달렸다. 다행히 막 출발하려는 역마차를 잡아 탈 수 있었다.

고향 행 역마차에 승객은 나 혼자뿐이었다. 그제야 나는 좀 제정신이 들어 상황을 되돌아보았다. 탈출 계획에 들떠 있는 데다, 빨리 역마차를 타야 한다는 생각에만 사로잡혀서 내가 과연 편지에서 시킨 대로 해야 하는지 아닌지 따져볼 겨를도 없었던 것이다.

나는 '도대체 이름도 모를 사람에게서 느닷없는 편지를 받고 이렇게 허둥지둥 내려간다는 게 말이 되느냐, 지금이라도 당장 돌아가는 게 옳다. 지금은 그 어느 때보다 침착해야 할 때인데 이렇게 경솔하면 되느냐'라며 스스로를 질책했다. 하지만 '프로비스'라는 이름이 그 모든 것들을 눌러버렸다. 만일 그곳에 가지 않았다가 프로비스에게 무슨 피해를 입히게 된다면 스스로를 용서할 수 없을 것이라는 논리로 나는 자신을 설득했다.

마차에서 내리기도 전에 벌써 날이 저물었다. 나는 한적한 여관을 골라 저녁식사를 한 후 곧장 약속 장소로 갔다.

보름달이 떠 있었지만 습지대는 매우 어둡고 황량했다. 하지만 나는 그곳에 익숙했기에 깜깜한 밤이어도 길을 찾을 수 있었다. 습지대에 들어와서도 30분 정도 더 걸은 후에 나는 편지에서 정한 장소에 도착했다. 나는 수로 관리소의 문을 손으로 두드렸다. 아무 응답이 없었다. 나는 빗장을 벗기고 안으로 들어갔다. 탁자 위에 촛불 한 자루가 밝혀져 있었고 긴 의자 하나, 바퀴달린 침대가 하나 있었다. 나는 "아무도 없어요?"라고 소리쳤다. 하지만 아무 응답이 없었다.

나는 문 쪽으로 걸어갔다. 어느새 달은 구름에 가려졌고 비가 심하게 쏟아지고 있었다. 사방이 온통 어둠뿐이었다. '촛불이 밝혀져 있는 것으로 보아 분명 사람이 있었던 것 같은데……'라고 생각하며 나는 다시 안으로 들어갔다. 나는 촛불 심지를 확인하기 위해 촛불을 들어올렸다. 그 순간, 갑자기 촛불이 확 꺼져버렸다. 내가 뒤를 돌아볼 사이도 없이 내 목에는 이미 올가미가 걸려 있었다. 이어서 착 가라앉은 목소리가 들렸다.

"이놈, 이제야 잡았다."

나는 몸부림을 치며 소리를 질렀다.

"아니 이게 뭐하는 짓이야! 당신 누구야? 사람 살려! 사람 살려!"

하지만 아무 소용이 없었다. 나는 곧바로 벽에 걸려 있는 사다리에 꽁꽁 묶이고 말았다. 다시 한 번 목소리의 주인공이 말했다.

"어디 한 번 또 소리쳐 보시지. 단번에 요절을 내줄 테니."

급습을 당한데다 팔의 통증으로 나는 정신이 하나도 없었다. 게다가 그가 정말로 자기 말대로 할 것 같아 나는 조용히 있었다. 꽁꽁 묶인 부상당한 팔이 마치 불길에 펄펄 끓고 있는 것 같았다.

정체불명의 사나이는 건물의 덧문을 닫더니 전혀 서두르는 기색 없이 부싯돌로 불을 붙였다. 불빛에 그의 얼굴이 보였다. 올릭이었다. 나는 정말 위험한 궁지에 몰렸음을 직감했다. 나는 그에게서 시선을 떼지 않았다.

그가 입을 열었다.

"이제야 네놈을 잡았다."

"도대체 왜 이러는 거야? 제발 날 풀어줘."

"풀어달라고? 겨우 여기까지 혼자 오도록 유인했는데 풀어달라고? 이 원수 같은 놈을 풀어달라고? 내 일자리를 잃게 만든 놈을 풀어달라고?"

"그럴 수밖에 없었어."

"그뿐인 줄 아냐? 너는 아이 때부터 이 올릭 영감의 앞길을 가로 막는 방해꾼이었어. 네가 죽어야 내가 마음대로 활개를 칠 수 있어. 넌 이제 죽은 목숨이야. 난 네놈의 옷가지 하나, 뼛조각 하나도 남기지 않을 거다. 난 너를 석회더미에 처넣을 거야."

나는 꼼짝없이 죽은 목숨이라고 생각할 수밖에 없었다. 그러자 내가 죽은 뒤에 있을 일들이 떠오르기 시작했다. 에스텔라의 아버지는 내가 자기를 버리고 도망갔다고 생각할 것이다. 허버트조차도 나를 의심할지 모른다. 조와 비디는 내가 그들에게 얼마나 미안해했는지 영영 모를 것이다.

나는 코앞에 닥친 죽음이 두려웠다. 하지만 그보다 두려운 건 내가 죽은 이후에 나에 대해 사람들이 품게 될 오해였다. 아아, 아직 태어나지도 않은 아이들, 그래, 에스텔라의 아이들에게도 나는 경멸을 받겠지!

순간 올릭이 마치 내 생각을 방해하려는 듯 말했다.

"생각만 해도 이가 갈리던 네놈을 그냥 쉽게 죽이진 않을 거다. 네놈을 괴롭히면서 그 꼬락서니를 실컷 즐기다가 죽일 거다. 이 원수 같은 놈."

나는 그에게 애원 같은 건 하고 싶지 않았다. 하지만 할 수만 있다면 기회를 봐서 저항하리라고 마음먹었다. 그는 전부터 술을 마시고 있었는지 눈이 벌겋게 충혈되어 있었다. 그는 또다시 술병을 입에 가져다 대고 벌컥벌컥 마시기 시작했다. 지독한 독주 냄새에 진저리가 쳐졌다.

그가 팔짱을 끼며 말했다.

"이 원수 같은 놈아. 죽기 전이니까 내가 다 말해주지. 네놈의 그 잔소리꾼 누나를 그렇게 만든 건 바로 너다."

순간 나는 번쩍 정신이 들었다. 내가 올릭에게 외쳤다.

"그렇구나, 바로 네놈 짓이구나!"

"분명히 말하지만 그건 네가 저지른 짓이야. 바로 네놈 때문에 벌어진 일이라고."

그가 옆에 두었던 총의 개머리판을 휘두르며 말을 이었다.

"이 올릭 영감이 네 누나를 뒤에서 공격했다. 한 방 제대로 갈겼지. 그대로 죽었어야 하는 건데……. 하지만 그 짓을 한 건 이 올릭 영감이 아냐. 바로 너야. 네놈만 총애를 받고 나는 두들겨 맞기만 했어. 골탕을 먹기만 했다고. 그렇게 만든 건 바로 너야. 그러니 너는 이제 대가를 치러야 해."

그는 다시 술을 들이켰고 그만큼 더 난폭해졌다. 그는 나를 끝장내기 위해 술의 힘을 빌리고 있는 것 같았다.

그가 다시 나를 내려다보며 말했다.

"어차피 죽을 몸이니 내가 선심 써서 다 말해주지. 이놈아, 그날 밤 계단에서 너를 걸려 넘어지게 한 것도 바로 나다."

내 머릿속에 어둠 속의 계단이 보였다. 그런데 올릭이 어떻게 거기에 있었단 말인가? 그가 내 생각을 읽은 것처럼 말을 이었다.

"올릭이 어떻게 거기 있었는지 궁금하지? 네놈이 나를 이 고장에서 잘도 몰아냈지? 나는 네놈을 죽이려고 굳게 결심했다. 그래서 너를 죽 감시했다. 그런데 너를 감시하다가 그놈의

'숙부 프로비스'를 발견한 거지. 뭐, 숙부? 웃기는 짓이지. 나는 네놈을 내 엄지손가락 하나로 내동댕이칠 수 있을 때부터 죽 봐왔어. 그런데 무슨 숙부?

헤헤, 내가 그 잘난 네 숙부의 정체를 어떻게 알았는지 궁금하지? 이 올릭 영감이 네 누나를 내리친 족쇄, 그걸 내가 우연히 습지에서 주웠거든. 그 프로비슨가 뭔가 하는 친구가 그 족쇄의 주인이라며?"

그가 이죽대며 촛불을 내 얼굴 가까이 들이대는 바람에 나는 얼굴을 옆으로 돌렸다.

"왜 피하시나? 이야기를 마저 들어야지. 네놈이 나를 고향에서 몰아낸 후 나는 새로운 친구들을 사귀었지. 내게 편지를 써주는 친구도 있어, 알겠어? 편지를 써준다고! 그것도 수십 명의 필체로 써줄 줄 알아.

그 친구 이야기를 해줄까? 아마 마지막 이야기가 될 거야. 올릭 영감이 네 원수인 것처럼 네 숙부 프로비스에게도 원수가 있지. 네 숙부 이름을 내가 알지. 매그위치, 그래, 그 매그위치와는 이 땅 위에서 함께 살 수 없다고 생각하는 사람이 있어. 매그위치가 외국에 나가 있을 때도 그 소식에 늘 귀를 기울이고 있던 사람이지. 매그위치, 네 숙부 프로비스, 콤피슨을 조심해야 할 거다."

그가 그런 이야기를 해줄수록 확실해지는 것이 있었다. 그가 나를 죽이려는 게 단순한 협박이 아니라는 사실이었다. 나를 완전히 끝장 낼 심산이 아니었다면 그런 이야기들을 내게 다 해줄 리 없었다.

그는 방 안을 왔다갔다 하며 술을 마셨다. 이윽고 마지막 술 한 방울마저 다 마셔버린 후 그는 손잡이가 달린 돌망치를 집어 들고 천천히 나를 향해 다가왔다.

나는 마음속에 다짐했던 대로 한 마디도 애원의 말은 하지 않았다. 대신 젖 먹던 힘을 다해 고함을 지르며 발버둥을 쳤다. 움직일 수 있는 건 오로지 머리와 두 다리뿐이었다. 위기에 처하면 자신도 모르는 힘이 나오는 법이던가? 내 저항이 생각보다 강해서인지 그가 잠시 주춤했다.

바로 그 순간이었다. 사람들 외침소리가 들리더니 이어서 사람들이 등불을 든 채 문을 박차고 들어왔다. 이어서 사람들과 올릭 사이에 격투가 벌어졌다. 하지만 올릭은 훌쩍 탁자 위를 뛰어넘더니 어둠속으로 도망쳐 버렸다. 나는 그대로 정신을 잃었다.

내가 정신이 돌아오자 내 눈에 허버트와 스타톱과 양복점 주인 트랩의 모습이 보였다.

허버트가 내 상처를 응급처치해준 후에 우리는 읍내로 돌아왔다. 돌아오는 길에 나는 허버트와 스타톱이 어떻게 그곳에 나타나게 되었는지 설명을 들을 수 있었다. 사실은 내 실수 덕분이었다. 내가 황급히 집을 나서느라 문제의 그 편지를 개봉한 채 내 집에 떨어뜨렸고 그가 그것을 본 것이었다. 그리고 허버트는 사태가 심상치 않음을 느끼고 전세마차를 불러서 황급히 이곳으로 왔으며, 마침 길에서 트랩을 만나 그곳까지 안내를 받은 것이었다.

나는 내 친구들에게 올릭에게서 들은 이야기를 모두 해주었다. 생각 같아서는 당장 경찰청에 신고해서 올릭을 잡아들이고 싶었다. 하지만 지금 당장 급한 것은 프로비스를 무사히 외국으로 탈출시키는 일이었다. 더욱이 올릭의 말대로 콤피슨이 가까이서 프로비스를 노리고 있다지 않는가? 우리는 사륜마차를 타고 바로 런던으로 올라왔다.

다음 날 나는 하루 종일 자리에 누워 있었다. 이윽고 수요일 아침이 밝아왔다.

6

그날은 태양이 뜨겁게 빛나고 바람은 차가운 3월의 어느 날이었다. 나와 허버트와 스타톱은 모두 두꺼운 모직 상의를 걸쳤다. 그리고 나는 가방을 들고 있었다. 나는 가방에 간단한 필수품들만 챙겨 넣었다. 내가 어디로 가게 될지, 어떤 일을 하게 될지, 언제 돌아오게 될지 확실한 건 아무것도 없었다. 하지만 그런 문제로 초조하지는 않았다. 내 신경은 오로지 프로비스의 안전에만 쏠려 있었다.

우리는 천천히 템플 선착장으로 내려갔다. 우리는 모두 보트에 올랐다. 8시 반이었고 만조 때였다. 허버트가 뱃머리에 앉고 나는 키를 잡았다. 우리는 9시에 강 하류를 향해 바뀌는 조류를 타고 오후 3시까지 흘러간 다음, 조류의 흐름이 바뀌면 어두워질 때까지 노를 저어나갈 예정이었다. 그렇게 되면 그레이브스엔드 아래쪽의 켄트 주와 에식스 주 사이에 있는 유역에 도착할 수 있으리라고 생각했다. 그곳은 한적한 곳이었기에 여인숙에서 하룻밤 꼼짝 않고 머물기에 안성맞춤이었다. 그런 후 목요일 아침에 런던을 향해 출발하는 함부르크 행 기선이나 로테르담행 기선에 오를 예정이었다.

계획을 빈틈없이 세우고 나니 만사가 다 이루어진 것처럼 안심이 되었고 앞날에 대한 희망까지 생기는 것 같았다. 우리는 드디어 프로비스와 만나기로 한 풀 구역의 선착장이 보이는 곳에 이르렀다. 우리가 선착장에 닿자 기다리고 있던 그가 보트에 올라탔다. 그는 선원용 망토를 입고 있었고 검은색 가방을 들고 있었다.

그가 자리에 앉으며 내 어깨에 손을 얹고 말했다.

"얘야, 약속을 지켰구나. 고맙다, 정말 고마워."

우리는 겹겹이 늘어서 있는 배들 사이를 들락날락하며 보트를 저었다. 이제 런던교 근처로 가서 기선에 오르기만 하면 만사 오케이였다. 주위를 조심스럽게 살펴보았지만 어떤 보트도 우리를 따라오지 않았고 주목하는 보트도 없는 것 같았다. 허버트와 나, 그리고 스타톱은 주위를 열심히 살폈지만 정작 태평한 사람은 당사자인 프로비스였다. 그는 늘 위험과 함께 하며 살아왔기에 위험 자체를 대수롭지 않게 생각하는 것 같 았다.

그가 말했다.

"애야, 내가 저 멀리 다른 세상에서 살고 있을 때, 나는 늘 이쪽만 바라보고 살았단다. 내가 아무리 부자가 되었지만 그 곳의 삶은 갑갑하고 따분했어. 모든 사람들이 매그위치를 알 정도로 나는 유명했지. 그리고 마음먹은 대로 아무 곳이나 오 갈 수 있었어. 사람들이 아무 신경도 안 썼지. 그런데 여기서 는 사람들이 나를 아주 불편하게 여기는구나."

"몇 시간 후면 다 잘될 거예요. 완벽한 자유를 누릴 수 있을 거예요."

"글쎄다. 나도 그랬으면 좋겠다. 하지만 나는 지금보다 더 평온하고 태평한 데서 살게 되면 당황할지도 몰라. 그런 적이 별로 없었으니까. 심심할지도 모르고. 아무튼, 애야. 이 강물 밑이 안 보이지? 우리 앞길도 마찬가지야. 앞으로 몇 시간 후에 무슨 일이 생길지 우리는 알 수 없는 법이란다. 이 물은 우리가 잡을 수 없잖니? 그 몇 시간의 흐름도 이 강물처럼 우리가 잡을 수는 없어."

그는 평온한 표정으로 파이프를 피우며 우리가 이미 영국 밖에 나와 있는 듯 느긋하게 앉아 있었다. 앞으로 무슨 일이 생길지 알 수 없다는 그의 말은 걱정에서 하는 말이 아니었다. 무슨 일이 생겨도 받아들일 준비가 되어 있다는 말처럼 나는 느꼈다.

공기는 차가웠지만 날씨는 맑았고 햇살도 화창하게 내리쬐고 있었다. 우리는 도중에 가끔 선착장에 멈춰 서서 준비한 음식물을 먹으며 휴식을 취했다. 조류를 거슬러 노를 저으려면 힘이 필요했기 때문이었다. 우리는 해가 질 때까지 노를 젓고 또 저었다. 강기슭 너머로 지는 해가 보이더니 금방 어둠이 내리기 시작했다. 멀리 솟아있는 언덕들만 보일 뿐 가끔 눈에 띄는 갈매기를 제외하고는 아무것도 보이지 않았다.

이제 우리 계획대로 제일 먼저 눈에 띄는 여인숙을 잡아서 하룻밤 묵으면 될 것이었다. 우리는 7~8킬로미터를 더 노 저어 나아갔다. 어두워지니까 꼭 뒤에서 누가 추격해오는 것 같왔다. 드디어 우리는 어렴풋한 불빛과 지붕을 발견했다. 여인숙이었다. 우리는 곧 자그마한 둑에 보트를 댔다. 우리는 보트에서 노, 키, 갈고리 장대 등의 물건들을 꺼낸 후 보트를 뭍으로 끌어당겨놓았다. 그리고 모두 함께 내려 여인숙으로 갔다. 정말 외진 곳이었다. 우리는 부엌 난롯가에 앉아 아주 맛있게 식사를 했다.

우리가 확인한 일정대로라면 다음 날 오후 1시쯤 우리가 목표로 하고 있는 기선이 나타나게 되어 있었다. 우리는 기선이 나타나기 한 시간 전까지 이곳에서 기다리다가 보트를 타고 기선 쪽으로 다가가기로 계획을 세웠다. 그런 후 우리는 모두 잠자리에 들었다.

다음 날 12시쯤 우리는 모두 보트에 올라 기선의 항로를 향해 노를 젓기 시작했다. 우리는 모두 기선의 연기가 보이는지 앞을 주시했다. 예상보다 30분 늦은 1시 반이 되어서야 기선의 연기가 보였다. 곧 이어 또 다른 기선의 연기도 보였다. 두 기선은 전속력으로 다가오고 있었다. 나와 프로비스는 각각 가방을 들고 보트 안에서 허버트와 스타톱과 작별 인사를 했다. 우리는 눈물이 글썽한 채 진심어린 악수를 나누었다. 이제 나와 프로비스가 기선에만 오르면 만사형통이었다.

그런데 바로 그 순간이었다. 어디 숨어 있었는지 네 명이 노를 젓는 갤리선이 우리와 별로 멀리 떨어져 있지 않은 강둑 밑에서 불쑥 나타났다. 갤리선은 우리 보트와 같은 방향으로 노를 저어 나아가고 있었다.

기선이 우리 시야에 들어왔다. 나는 허버트와 스타톱에게 기선 쪽에서 우리가 기다리고 있는 걸 알 수 있도록 조류를 타고 계속 흘러가라고 말했다. 그리고 프로비스에게는 망토로 몸을 감싸고 그대로 있어달라고 말했다. 그는 명랑한 표정으로 조각상처럼 앉아 있었다.

그사이 갤리선이 우리를 따라잡았고 두 배가 나란히 가게 되었다. 갤리선에는 노를 젓는 사람 네 명 외에 두 명이 더 타고 있었으며 그중 한 명이 키를 잡고 우리를 살펴보고 있었다. 또 한 명은 프로비스처럼 외투로 몸을 감싼 채 몸을 웅크리고 있었다. 나는 그가 우리를 바라보며 키잡이에게 무언가 귓속 말로 속삭이는 것을 보았다.

몇 분 뒤 스타톱은 앞에서 오는 기선이 함부르크 행이라고 우리에게 알렸다. 기선은 빠른 속도로 다가와 그 그림자가 우리 보트를 덮을 정도가 되었다. 그때였다. 갤리선의 키잡이가 우리를 향해 고함을 쳤다.

"어이, 당신들! 그 안에 불법 귀국한 유형수가 있는 것 알고 있어. 저기 망토를 뒤집어쓴 자가 바로 그자야! 에이블 매그위치! 너를 체포한다."

그러면서 그는 갤리선을 우리 보트에 부딪혔다. 그러더니 자기들 배를 우리 보트에 걸쳐 놓았다. 순식간에 벌어진 일이었다. 그러자 기선 위에서는 큰 소동이 일었다. 배를 멈추라는 고함소리가 들렸지만 기선은 관성의 힘으로 계속 우리를 향해 돌진했고 소용돌이가 사납게 일었다.

그때 갤리선 키잡이가 프로비스의 어깨에 손을 댔다. 순간 우리 보트와 갤리선이 모두 기선이 내는 파도에 빙그르르 돌았다. 그때였다. 프로비스가 벌떡 일어났다. 그는 자신을 체포하려던 자 너머로 훌쩍 몸을 던지더니 갤리선에 몸을 웅크리고 앉아 있던 자의 목덜미에서 망토를 벗겨냈다. 나는 그 자가 지난 날 수로 도랑에서 보았던 또 다른 탈주자의 얼굴임을 알 수 있었다.

그의 얼굴은 하얗게 질려 있었다. 그때 뭔가가 풍덩 물에 빠지는 소리가 들렸고 내 바로 밑에서부터 우리 보트가 가라 앉기 시작했다. 찰나의 순간에 벌어진 일이었다.

나는 곧 갤리선 위로 끌어올려졌다. 허버트와 스타톱은 이미 갤리선 위에 있었다. 그러나 우리의 보트는 이미 사라진 뒤였고 두 죄수의 모습도 보이지 않았다.

갤리선을 젓는 자들은 노련했다. 그들이 신속하게 노를 젓자 갤리선은 재빨리 기선이 내는 파도의 소용돌이 밖에서 벗어났다. 그런 후 모두 배 앞 쪽 강물 속을 들여다보았다. 그 속에서 조류를 타고 갤리선 쪽으로 다가오는 검은 물체가 보였다. 키잡이가 손을 들자 노잡이들이 조용히 강물을 거슬러 올라갔다. 그 검은 물체는 매그위치였다. 갤리선의 사람들은 그를 갤리선 위로 끌어올렸고 그의 손목과 발목에는 곧바로 쇠고랑이 채워졌다.

기선이 사라지자 갤리선의 사람들은 열심히 물속을 살폈다. 그러나 아무런 기척이 없었다. 그들은 포기하는 수밖에 없다고 생각하고 뭍으로 배를 저었다. 우리가 떠났던 여인숙으로 돌아간 것이다. 매그위치는 가슴에 심한 부상을 입었고 머리에도 깊게 찢어진 상처가 있었다.

매그위치는 곁에 앉은 내게 낮은 목소리로 어떤 일이 벌어졌는지 힘겹게 말해주었다. 그 내용은 다음과 같다.

그는 기선 아래에서 강물 위로 오르다가 배 밑에 머리를 부딪친 것 같다고 했다. 가슴의 부상은 갤리선 옆구리에 부딪쳐서 입었다고 했다. 그는 자신이 콤피슨에게 했을 수도 있고 하지 않았을 수도 있는 일에 대해서는 굳이 말하려 하지 않았다. 다만 그의 망토를 잡아채는 순간 놈이 비틀거리며 일어나 뒷걸음질 치는 바람에 함께 강물로 떨어지게 된 것이며, 키잡이가 자기를 억지로 잡아두려고 애쓰는 바람에 보트가 뒤집혀 버렸다는 것이었다. 그는 그렇게만 말했지만 아마 격렬한 격투가 벌어졌으리라. 그 뒤의 상황은 그냥 상상만 할 수 있을 뿐이었다.

경관은 매그위치의 소지품을 모두 압수했다. 그리하여 한때 내 수중에 있던 그의 돈지갑도 경관에게 넘어가게 되었다. 내가 그 돈을 쓰지 않겠다며 그에게 돌려주었던 것이다. 경관은 내가 런던까지 동행해도 좋다는 호의를 베풀었다. 하지만 내 친구 두 명까지 함께 가는 것은 곤란하다고 했기에 나는 두 친구와 헤어질 수밖에 없었다. 두 친구는 육로로 런던으로 돌아가기로 했다.

나는 갤리선 매그위치 옆에 앉았다. 이제 그에 대한 혐오감은 모두 사라지고 없었다. 쇠고랑을 찬 채 내 손을 꼭 쥐고 있는 그는 오로지 내 은인이 되고자 했던 사람이었다. 그는 긴 세월 동안 나를 향한 한결 같은 애정을 간직했던 사람이었다. 나에게 고마워하며 나에게 너그럽기만 하던 사람이었다. 내가 조에게 보여주었던 모습과는 너무나 다른 고귀한 인간의 모습을 내게 보여준 사람이었다.

밤이 되자 그는 숨쉬기도 힘들어하며 고통스러워했다. 나는 내 한쪽 팔에 그를 편하게 기대게 해주는 것 외에 아무것도 해줄 것이 없었다. 그냥 차라리 죽는 게 나을 것 같다는 생각을 하니 가슴이 저려왔다. 그는 탈옥을 했던 자이고, 다시 재판을 받은 자이며, 종신형을 선고받고 유배형을 떠났다가 돌아온 자였다. 게다가 범인을 체포할 수 있게 해준 자를 죽게 만든 자였다. 아무리 생각해도 관대한 처분을 기대할 수 없는 처지였다.

그가 내게 말했다.

"애야, 나는 그런 위험을 무릅썼던 일에 대해 아주 만족하고 있단다. 나는 내 꼬마를 본 거야. 이제 그 아이는 내가 없어도 신사가 될 수 있을 거야."

아니었다. 나는 적어도 그가 생각하고 있던 신사는 될 수 없었다. 그가 유죄 판결을 받게 되면 그의 재산은 모두 국왕의 재산으로 몰수될 것이라고 웨믹이 이미 내게 알려주었다. 그는 자주 만약의 사태에 대비해서 그에게서 동산을 받아놓으라고까지 했었다. 동산은 물론 현금을 말한다.

그는 내 생각을 아는지 모르는지 계속 말했다.

"애야, 너 같은 신사가 나하고 아는 사이라는 건 사람들이 모르는 게 좋아. 그러니 그저 우연히 웨믹을 따라온 것처럼 가끔 나를 보기나 하렴. 내가 마지막 맹세를 하게 될 때 내가 네 모습을 볼 수 있게만 해주렴. 그러면 더 이상 바랄 게 없단다."

"아저씨, 아저씨가 제게 그랬듯이 저는 아저씨 곁에 늘 머물 겁니다." 나는 진심으로 대답했다.

내 손을 잡고 있는 그의 손이 떨리는 것을 느꼈다. 그는 보트 바닥에 누워 나를 외면했다. 나는 나를 부자로 만들어주겠다는 그의 희망이 물거품이 되었다는 사실을 그에게 말해주지 않았다. 그건 그가 알 필요도 없고 알아서는 안 될 사실이기도 했다.

그는 다음날 구치소로 끌려갔다. 재판은 한 달 뒤에 열릴 예정이었다.

그러던 어느 날 허버트가 침울한 표정으로 나를 찾아와 말했다.

"헨델, 유감스럽게도 너와 곧 작별해야 할 것 같다. 곁에서 너를 도와야 할 때에 너를 떠난다는 게 마음 아프지만 어쩔 수 없어. 이번에 카이로에 가지 않는다면 영영 기회를 놓치게 될 거야."

"허버트, 난 늘 너를 필요로 할 거야. 늘 너를 사랑할 거고. 하지만 지금이라고 해서 특별히 더 네가 필요한 건 아니야."

"그래, 너는 씩씩하게 이겨낼 거야. 하지만 헤어지기 전에 하나만 물어보자. 좀 거북한 질문이야. 너 네 장래에 대해 생각은 해봤니?"

"아니. 어떤 식으로든 내 장래 생각을 한다는 게 두려워."

"하지만 장래를 외면하고 살 수는 없는 법이야. 정말 친구로서 호의에서 하는 말이니 좀 참고 들어볼래?"

"그래, 무슨 말이든 다 들을 게."

"우리 회사 그 지점에 말이다, 헨델. 사람이 꼭 필요한 자리가 하나 있는데……."

"사무직원이겠지?"

"그래, 사무직원. 네가 그 자리에서 일을 하게 되면 동업자 지위로 올라설 가능성이 많다고 봐. 자, 헨델, 간단히 말할게. 내게 와주겠니?"

나는 그에게 진심으로 고맙다고 말했다. 하지만 지금 당장 확답은 할 수 없다고 말했다. 내게는 아직 어떤 막연한 생각이 하나 남아 있있고 그길 해결하지 않으면 어떤 결정도 할 수 없었기 때문이었다.

"허버트, 잠시 그 문제를 미룰 수는 없겠니? 당장 결정해야만 돼?"

"아냐, 시간이 얼마 걸려도 상관없어. 6개월도 좋고 1년도 좋아."

"그리 오래 걸릴 일도 아냐. 기껏해야 두세 달 정도일 거야."

나와 허버트는 그렇게 헤어졌다.

아참, 한 가지 더 이야기할 게 있다. 어느 날 웨믹이 무슨 일인지 말해주지도 않은 채 아침 8시까지 자기 집으로 와달라고 했다. 네 시간만 시간을 내달라는 것이었다. 그의 집으로 가니 그는 나와 산책을 하자고 했다. 우리가 캠버웰그린 녹지로 가자 교회가 나타났다. 그러자 그가 말했다.

"어, 여기 교회가 있네. 한번 들어가볼까요?"

나는 무작정 따라 들어가는 수밖에 없었다.

교회 안으로 들어가더니 그는 상의 주머니에서 장갑을 꺼냈다. 그러더니 그가 말했다.

"오호, 여기 장갑이 있네. 우리 한 켤레씩 껴볼까요?"

나는 그제야 이거 무슨 일이 있긴 있구나, 하는 생각이 들었다. 그때였다. 그의 노친이 숙녀 한 명을 에스코트하면서 교회로 들어섰다. 그러자 웨믹이 말했다.

"오호, 여기 미스 스키핀스가 있네. 우리 결혼이나 합시다."

그는 그렇게 결혼을 했다. 나는 신랑의 보증인이자 들러리 역할을 한 것이다. 결혼식을 마치고 식사를 한 후 헤어질 때 그가 내게 말했다.

"이건 순전히 월워스 식으로 한 겁니다."

"알았습니다. 리틀 브리튼에서는 입도 뻥끗 안 하겠습니다."

"고맙습니다. 재거스 씨가 이 사실을 알게 되면 아마 내 뇌가 물렁해졌거나 그 비슷해졌다고 생각할 겁니다."

역시 웨믹다웠다.

프로비스는 수감된 이후 내내 감옥에 누워 있었다. 갈비뼈 두 대가 부러졌으며 폐에도 손상을 입은 상태였다. 내가 찾아가도 그는 거의 말을 하지 않았다. 아니, 말을 할 수 없었다. 내가 알고 있는 소식을 들려주거나 책을 읽어주면 그는 가만히 듣고만 있었다.

그는 병세가 중해서 일반 감빙에시 병동 감방으로 이송되어 있었다. 덕분에 나는 그와 자주 있을 수 있게 되었다. 하지만 그는 날이 갈수록 초췌해졌으며 병세가 악화되어갔다.

그와 더 자주 지내게 되면서 나는 그가 좀 더 좋은 환경에서 자랐더라면 훨씬 더 나은 사람이 되었으리라는 확신을 갖게 되었다. 하지만 정작 그 자신은 그런 이야기는 입도 뻥끗하지 않았다.

그 와중에도 재판은 열렸고 그는 사형선고를 받았다. 재거스 씨의 재능도 아무런 힘을 발휘하지 못했다. 나는 장관 등

여러 사람에게 「탄원서」를 보냈고 심지어 국왕에게도 「탄원서」를 보냈지만 아무 소용이 없었다.

일단 사형이 확정되자 면회시간은 점점 짧아졌으며 그에 대한 감시도 심해졌다. 하루하루가 흘러갈수록 그의 얼굴에서 밝은 빛이라고는 찾아볼 수 없게 되었다. 그는 평온하게 흰 천장만 바라보았으며 내 말에 잠깐 얼굴이 밝아졌다가 다시 어두워지곤 했다. 그는 말 대신 내 손을 약하게 누르는 것으로 대답을 대신했다. 하지만 그것만으로도 나는 그의 의도를 잘 파악할 수 있었다.

그의 사형이 확정된 후 열흘 정도 지났을 때였다. 내가 들어가자 그가 눈을 반짝 빛냈다. 그리고 놀랍게도 그가 말을 했다.

"얘야, 네가 늦는 줄 알았구나. 하지만 그럴 리 없다고 생각했지. 넌 늘 면회 시간에 늦지 않으려고 문에서 기다리지?"

"맞아요. 단 한 순간도 놓치고 싶지 않아요."

"고맙다, 얘야. 정말 고마워. 하느님의 축복이 내릴 거다. 넌 나를 버리지 않았어, 핍."

나는 아무 말 없이 그의 손을 꼭 잡았다. 한 순간 그를 버리기로 마음먹었던 때가 있었던 것이 생각났다.

"애야. 내가 시커먼 먹구름 아래 있게 된 이후로 넌 늘 내 옆에 있었던 셈이란다. 네가 내 옆에 있다는 생각이 들면 햇빛이 밝게 비칠 때보다 내 마음이 더 편했어. 그게 내게는 가장 기쁜 일이었어."

그는 가쁘게 숨을 몰아쉬었다. 그의 얼굴에서 점점 생명의 빛이 꺼져 가고 있는 게 분명히 느껴졌다.

내가 말했다.

"아저씨, 많이 힘드시지요?"

"난 그 어떤 일에도 불평하지 않으련다, 애야."

"아저씨는 결코 불평하신 적이 없으시지요."

그게 그의 마지막 말이었다. 그는 미소를 지었다. 나는 내 손을 그의 가슴에 올려놓았다. 그는 다시 미소를 지으며 내 손 위에 자신의 두 손을 포갰다.

주어진 면회 시간이 다 되었다. 뒤를 돌아보니 교도소장이 가까이 서 있었다. 그가 내게 속삭였다.

"아직 안 나가도 됩니다."

그 말과 함께 교도소장은 뒤로 물러났고 간수에게도 자리를 피하라고 말했다. 그는 애정이 가득한 눈으로 나를 바라보고 있었다.

내가 그에게 말했다.

"사랑하는 매그위치 아저씨, 마지막으로 제가 아저씨께 드릴 말씀이 있어요. 제 말 알아들으시겠어요?"

그가 내 손을 살짝 누르는 느낌이 전해졌다.

"아저씨, 아저씨에게 딸아이가 있었지요? 사랑했지만 잃어버렸던 딸아이요."

그가 내 손을 조금 더 세게 눌렀다.

"그 딸이 지금도 살아 있어요. 훌륭한 사람 밑에서 자랐고요. 숙녀가 되었고 아주 아름답답니다."

나는 심호흡을 했다.

"그리고 아저씨, 내가 그녀를 사랑한답니다."

그는 안간힘을 쓰면서 내 손을 자기 입술에 갖다 댔다. 그러고 난 후 천천히 내 손을 다시 자기 가슴 위에 올려놓은 뒤 자신의 두 손을 포갰다. 천장을 바라보는 그의 얼굴이 더없이 평온했다. 그는 머리를 가슴 위로 조용히 떨어뜨린 채 세상을 떠났다.

그 순간 그와 함께 읽었던 성경 구절이 떠올랐다. 지금 그의 침대 옆에서 내가 해줄 수 있는 말은 그것밖에 없었다.

"오, 하느님! 죄인인 그에게 부디 자비를 내려주옵소서!"

7

나는 이제 철저히 혼자가 되었다. 나는 임대 기간이 끝나기 전에 템플의 거처를 떠나겠다고 주인에게 통보했다. 나는 즉시 내 방들을 전대(轉貸)한다는 광고문을 창문에 내붙였다. 나는 빚투성이였고 수중에는 한 푼도 없었다.

나는 앓아 누웠다. 그동안 긴장상태에서 억눌려 있던 병이 일순간 엄습해온 것이다. 나는 이틀간을 방바닥에 누워 있었다. 머리는 무거웠고 팔다리는 쑤셨으며 아무런 목적의식도 없었고 아무런 기력도 남아 있지 않았다.

나는 완전히 비몽사몽간을 헤매고 있었으며 현실과 환영

이 구분이 되지 않는 상태에 있었다. 내가 그런 멍한 상태에서 겨우 깨어났을 때 나는 두 남자가 누워 있는 나를 내려다보고 있는 것을 알았다. 아마 한참을 그렇게 기다린 것 같았다.

나는 기운 없는 목소리로 물었다. "처음 보는 분들 같은데 무슨 일이시지요?"

"당신이 곧바로 해결해야할 문제 때문에 왔소. 어쨌든 당장 당신을 구류해야겠소."

"빚이 얼만데요?"

"123파운드 15실링 6펜스요. 보석상이 청구한 금액이요. 지금 당장 돈이 없으면 채무자 유치장으로 가야할 거요."

나는 일어나려고 애썼다. 그러나 곧바로 다시 쓰러져서 정신을 잃고 말았다. 아니다. 아예 정신을 잃은 것은 아니다. 그들이 나를 데려가는 일을 포기한 것이 어렴풋이 떠오르는 것으로 보아 반은 의식이 남아 있었던 것 같다.

그 후 나는 또다시 비몽사몽간을 헤맸다. 비몽사몽간에 수많은 사람들의 얼굴이 나타났고 수많은 환영들이 나타났다. 그러나 정말 이상한 일이 한 가지 있었다. 그 환영들은 언제나 마지막에는 조의 얼굴로 바뀌어버리는 것이었다. 그 환영들은 꼭 조는 아니더라도 최소한 조와 닮은 얼굴을 하고 있었다.

병세가 최악으로 치달았다가 반환점을 돈 모양이었다. 나는 겨우 비몽사몽 상태에서 벗어났다. 그러나 모든 증상이 바뀌고 사라졌어도 마지막에 조의 형상이 나타나는 증세는 여전했다. 밤에 눈을 떴을 때도 침대 옆 의자에 앉아 있는 조의 형상이 보였다. 낮에 눈을 뜨니 창문 옆 긴 의자에 앉아 파이프를 물고 있는 조의 형상이 보였다. 나는 "물 좀 줘"라고 그 형상에게 말했다. 그러자 그 형상이 벌떡 일어났다. 나는 환영을 보고 있다고 생각했다. 나는 꿈속에서인 양 그가 갖다준 물을 마셨다. 그리고 다시 베개 위로 풀썩 쓰러졌다. 그런데 조가 나를 애정 어린 표정으로 내려다보고 있었다.

그렇다, 환영이 아니라 정말 조였다. 실제로 조가 나를 내려다보고 있었던 것이다.

내가 힘없이 말했다.

"정말 조야? 조가 거기 있는 거야?"

그러자 그리도 그립던 옛 목소리가 들렸다.

"그래, 조라네, 친구."

조는 내가 정신을 차리고 자기를 알아본 게 기뻐서 얼굴을 숙이고 내 목에 팔을 둘렀다. 나는 죄책감에 그에게 말했다.

"오, 조! 나한테 화를 내야 돼. 이렇게 해주면 내 가슴이 더 찢어지는 것 같아. 차라리 나를 때려줘. 나는 배은망덕한 놈이야."

"그런데 말이네, 핍. 우리는 언제나 친구 사이였다네. 자네가 건강을 회복해서 밖으로 나갈 수 있다면 난 정말 신이 날 거야."

그 말을 한 후 조는 창가로 가서 눈물을 닦았다. 곧 이어 조가 빨개진 눈을 하고 내 곁으로 왔다. 나는 그의 손을 잡았고 행복감을 느꼈다.

"조, 나 얼마나 이러고 있었던 거야?"

"오늘이 5월 마지막 날이다, 핍. 내일은 6월 첫째 날이고."

도대체 얼마나 누워있었는지 계산도 되지 않았다. 나는 조에게 말했다.

"그러면 그동안 죽 여기 있었던 거야?"

"거의 그런 것 같다네. 네가 아프다는 소식을 우편배달부가 가져왔어. 그 사람은 전엔 혼자였는데 지금은 결혼했어. 신발 바닥이 닳도록 열심히 일했지만 여전히 박봉이야. 하지만 재산은 그의 관심이 아냐. 그는 진심으로 결혼을 바랬는데……." 장황한 말투에 화제가 샛길로 새는 그의 버릇은 여전했다. 그리고 그런 그의 말투를 듣게 된 게 나는 너무 기쁘고 행복했다.

그가 말을 계속했다.

"내가 비디에게 말했어. 네가 낯선 사람들 사이에 끼어서 살고 있을지 모르고, 또 너와 항상 친한 친구였으니 이럴 때 찾아가면 반갑게 맞아줄지도 모른다고. 비디의 대답은 '지체하지 말고 어서 가세요'였어. 비디가 바로 그렇게 말한 거지. 맞아, '단 1분도 지체하지 말고 어서 가세요'라고 했다고 하더라도 내가 비디의 말을 잘못 전달한 게 아닐 거야."

그런 후 그는 내게 식욕과는 상관없이 정해진 시간에 조금씩 음식물을 먹어야 한다고 주의 사항을 알려주었다. 나는 그의 손에 입을 맞춘 후 다시 조용히 누웠다. 그동안 조는 비디에게 편지를 쓰기 시작했다. 비디가 조에게 글 쓰는 법을 가르친 게 분명했다. 오! 조가 글을 쓰다니! 나는 기뻐서 눈물을 흘렸다.

그가 편지 쓰기를 마치고 내 곁으로 왔다. 나는 묻고 싶은 게 많았지만 우선 미스 해비셤의 안부부터 물었다.

"조, 미스 해비셤이 좀 회복됐어?"

내 질문에 조가 고개를 저었다.

"그녀가 죽었어, 조?"

조가 충고하는 말투로 아주 천천히 말했다.

"글쎄, 너도 알겠지만, 친구, 나는 그런 표현을 쓰지 않을 거네. 내가 말하기에는 좀 과한 표현이라네. 하지만 그녀는 더 이상……."

"살아 있지 않다는 거야, 조?"

"그래, 그게 더 사실에 가까운 표현이야. 그녀는 더 이상 살아 있지 않아."

"조, 그녀의 재산이 어떻게 되었는지 들었어?"

"그러네, 친구. 재산처분이 다 끝난 것으로 보여. 에스텔라 양에게 다 꽁꽁 묶어둔 것 같아. 하지만 그 사고가 나기 전 그녀는 유서에 보충을 한 것 같아. 에누리 없이 4,000파운드를 매슈 포킷 씨 앞으로 남겼어. 그런데 미스 해비셤이 왜 그 사람에게 4,000파운드를 남긴 것 같니? 미스 해비셤이 문서에 이렇게 써놨어. '전술한 당사자 매슈 씨에 대해 핍이 했던 진술’ 때문에 남긴다고.”

그는 자신이 법률 용어를 쓴 데 대해 자부심을 느끼는 듯 다시 반복했다.

“‘전술한 당사자 매슈 씨에 대한 핍의 진술’ 때문이래. 그리고 에누리 없는 4,000파운드다, 핍!”

조가 에누리 없다는 표현을 쓰는 걸 나는 처음 보았다. 아마 그 표현으로 그 액수가 어마어마하다는 것을 보여주고 싶었을 것이다.

그의 설명을 듣고 나는 너무 기뻤다. 내가 했던 유일한 착한 일이 결실을 보게 된 것이었다. 조는 떠듬떠듬 미스 해비셤이 나머지 친척들에게 남긴 재산에 대해 내게 이야기해주었다. 조의 말을 듣고 그녀들도 유산을 받게 된 것을 나는 알았다. 하지만 새러 포킷만 그녀의 위장병 치료약을 사 먹으라는 명목으로 연간 25파운드를 받게 되었으며 나머지 친척들은 현금으로 50파운드 미만의 돈을 받았을 뿐이었다.

미스 해비셤 이야기가 끝나자 이번에는 내가 묻지도 않았는데 조가 뜻밖의 소식을 전했다.

“그런데 말일세, 너는 아직 건강하지 못해. 그러니, 친구, 오늘은 한 삽만큼의 이야기만 더 해주겠어. 올릭 영감, 그놈이 어느 집 문을 부수고 들어가 가택침입을 감행했어."

"누구네 집인데?"

"자네가 잘 아는 집이야. 그 사람이 허장성세로 가득 찬 태도를 갖고 있다는 건 인정해. 하지만 영국인의 집은 성과 같은 거야. 전쟁 때가 아니라면 성은 부서져서도 안 되고 침입당해서도 안 돼. 그 사람에게 아무리 결함이 많다고 하더라도 그는 진짜 곡물상이야."

"그럼 펌블추크 씨 집에 올릭이 침입했다는 거야?"

"바로 그렇다네. 그 일당은 그의 귀중품 서랍을 뒤졌고, 금고를 훔쳤고, 그의 와인을 마셨고, 그의 얼굴을 때리고 코를 잡아당겼어. 그들은 그를 침대 기둥에 묶었고 그를 여러 차례 때렸고 그의 입에 꽃들을 잔뜩 쑤셔 넣었어. 왜 그런지 알겠지, 핍? 소리 지르는 걸 막으려던 거야. 그런데 그가 올릭을 알아보았어. 올릭은 지금 군 교도소에 가 있어."

그의 보살핌 아래서 나는 건강을 회복했다. 그와 함께 있게 되자 나는 다시 꼬마 필립이 된 것 같았다. 그가 그만큼 다정하게 나를 돌보아주었던 것이다. 그는 모든 집안일을 홀로 처리했다. 심지어 세탁물도 세탁부에게 맡기지 않고 직접 그가 처리했다.

하지만 내가 건강을 회복하면서 안타까운 일이 발생했다. 내가 조금씩 튼튼해지면서 조가 나를 서서히 불편해하기 시작한 것이다. 내가 쇠약해져 어린애처럼 그에게 기대고 있을 때 그는 옛날처럼 나를 "이보게, 친구, 핍"이라고 마치 노래 가락처럼 친근하게 불렀다. 나 역시 옛날 말투로 돌아갔고 그러면서 행복해했다.

나는 건강을 회복하면서도 여전히 그 말투를 고수하고 있었지만 조의 말투는 미세하나마 조금씩 바뀌었다.

아아, 그것은 모두 내 책임이었다. 내가 건강해지고 잘 살수록 그에게 점점 냉담해지고 그와 멀어질 것이라는 생각을 내가 그에게 심어준 것이다. 그의 순수한 마음속에 내가 건강해질수록 그를 잡은 손이 느슨해지리라는 생각을 심어준 것은 바로 나였다! 내가 먼저 그의 손을 뿌리치기 전에 그가 먼저 손의 힘을 푸는 게 나을 것이라는 생각을 심어준 것은 바로 나였다!

내가 건강을 회복하자 우리는 템플공원으로 자주 산책을

나갔다. 물론 조가 나를 조심스럽게 부축했다. 그러던 어느 날 이제 혼자 걸을 수 있을 것 같아서 내가 조에게 말했다.

"이것 봐, 조! 난 이제 제법 기운차게 걸을 수 있어. 곧 나 혼자 힘으로 걸을 수 있게 될 거야."

그러자 조가 말했다.

"너무 무리하지 마, 핍. 하지만 그렇게 되면 나는 행복할 겁니다, 신사분."

나는 그의 마지막 말투와 호칭이 마음에 걸렸다. 그러나 내가 어찌 항변할 수 있단 말인가! 나는 공원 입구까지만 혼자 걷고 곧 걷기 힘든 척 조의 팔에 매달렸다. 조는 선선히 팔을 맡겼지만 무언가 생각에 잠겨 있었다.

나도 생각에 잠겼다. 변해가는 조를 어떻게 막지? 나는 현재의 내 처지를 그에게 다 털어놓고 싶었다. 내가 무일푼이며 빚만 잔뜩 지고 있다는 것, 그가 생각하는 신사와는 거리가 멀다는 것을 그에게 털어놓고 싶었다. 하지만 나는 그러지 못했다. 한구석으로는 부끄러워서 주저한 것도 사실이다. 하지만 그 이야기를 들으면 그가 내 빚을 갚아줄 게 너무도 분명해서 그에게 차마 말할 수 없었다. 나는 그가 열심히 모아놓은 얼마

안 되는 돈을 축내고 싶지 않았다.

그러나 이대로 지낼 수는 없었다. 내가 자초한 일이지만 조가 나를 가까이 하기 어려운 신사로 대접하면서 멀어져 가는 모습을 두고 볼 수는 없었다. 그날은 일요일이었다. 나는 한 주가 시작되는 다음 날 아침 그에게 모든 것을 털어놓겠다고 마음먹었다. 나는 '내가 허버트가 있는 카이로로 당장에 가지 못하는 이유도 그에게 털어놓아야지'라고 결심했다.

결심을 하자 마음이 가벼워졌다. 월요일 아침 나는 상쾌한 기분으로 자리에서 일어났다. 나는 조를 보자마자 모든 걸 다 털어놓으리라는 결의로 가득 차 있었다. 나는 아침 식사 전에 그에게 이야기를 하겠다고 마음먹고 즉시 그의 방으로 갔다.

그러나 그는 그곳에 없었다. 조만 그곳에 없었던 것이 아니라 그의 짐 상자도 없었다. 나는 서둘러 식탁으로 가보았다. 그리고 그 위에서 편지 한 장을 발견했다. 편지에는 아주 짧은 글이 적혀 있었다.

사랑하는 핍, 네가 다시 건강을 되찾았고 이제 나 없이도 잘해나갈 수 있을 테니, 방해하고 싶지 않아서 나는 그만 떠난다.

조

추신: 너의 영원한 최고 친구가

봉투 속에는 내가 지고 있던 빚을 갚은 영수증이 함께 들어 있었다. 그 순간까지도 나는 내가 건강을 완전히 회복될 때까지 채무청구소송이 유보되어 구류를 면하고 있다는 어리석은 생각을 하고 있었다. 조가 그 돈을 이미 갚아주었으리라는 생각은 꿈에도 하지 않고 있었다. 그런데 조가 그 돈을 갚아준 것이다!

이제 내게 남은 일이 뭐가 있었겠는가? 한시바삐 조에게 달려가는 일만 남아 있었다. 옛날 그 대장간으로 그를 찾아가 내 속마음을 털어놓고 그에게 참회하는 일 외에 무슨 일이 남아 있겠는가? 그리고 아직 내 마음속에 남아 있는 두 번째 과제, 시간이 흐를수록 점점 더 나의 확실한 목표가 되어가고 있는 그 두 번째 과제를 실천하는 일 외에 뭐가 남아 있겠는가?

이제 그 과제가 무엇인지 털어놓기로 하자.

그것은 바로 비디에게 돌아가겠다는 것이었다. 그녀에게 내가 얼마나 지난 일을 뉘우치고 있는지 고백하고, 내가 모든 것을 다 잃었다는 것을 고백하는 것이었다. 나는 그녀에게 이렇게 말할 작정이었다.

　　'비디, 나는 한때 네가 나를 꽤 좋아했다고 생각해. 네가 길을 잃고 헤매던 나를 용서해주고 그때의 절반만큼이라도 나를 좋아해줄 수 있다면! 나를 돌아온 어린아이처럼 받아들여줄 수 있다면! 그러면 나도 네게 조금이라도 가치 있는 존재가 되려고 노력할 거야.

　　비디, 앞으로 내가 조의 대장간에서 일을 하게 될지, 아니면 그곳에서 뭔가 다른 일을 하게 될지 혹은 먼 외국으로 너와 함께 떠나게 될지 아직 아무것도 몰라. 그건 모두 네 결정에 달려 있어. 사랑하는 비디, 네가 나와 함께 이 세상을 헤쳐 나가겠다고, 함께 이 세상을 더 낫게 만들려고 노력하겠다고, 그리고 나를 좀 더 나은 사람으로 만들겠다고 지금 내게 말해준다면, 나도 너를 위해, 그리고 이 세상을 더 좋은 세상으로 만들기 위해 열심히 노력할 거야.'

　　나는 사흘 뒤 곧바로 정다운 고향으로 내려갔다.

내가 철저하게 몰락했다는 소문은 이미 고향 마을과 인근 지역에 다 퍼져 있었다. 그런 고향에 내려가서 내가 사람들에게 어떤 대접을 받았는지는 자세하게 말하고 싶지 않다. 나는 이미 그 모든 것을 각오하고 있었고 감수할 준비가 되어 있었으니까.

어쨌든 그중에서도 가관인 것은 펌블추크 씨의 태도였다. 고향에 도착한 다음 날, 아침 식사를 위해 보어 호텔 식당으로 내려갔을 때 펌블추크 씨가 호텔 주인과 이야기를 나누고 있었다. 그는 나를 기다리고 있었는지 나를 보자마자 내게 다가와서 말했다.

"젊은이, 이토록 몰락한 자네 모습을 보게 되다니 유감이군. 이제까지 자네에게 온갖 은혜를 베푼 내게 배은망덕한 짓을 하고 흥청망청 지내더니……. 어이구, 얼굴도 말이 아니군. 내가 돌봐줄 때는 그렇게 포동포동하더니 이제 뼈만 남았잖아! 자업자득이지."

나는 그가 아주 긴 시간에 걸쳐 떠벌린 이야기들을 정말로 뼈대만 간추려서 소개한 것이다. 그는 시종일관 자신이 내게 얼마나 큰 은혜를 베풀었으며 내가 얼마나 배은망덕한 놈인지 주위 사람들을 돌아보며 열변을 토했다. 나는 꾹꾹 참으면서 겨우 아침 식사를 마쳤다.

하지만 펌블추크 씨의 그런 행태를 보고도 나는 별로 기분이 나쁘지 않았다. 어찌 보면 펌블추크 씨는 내게 큰 선물을 한 셈이었다. 그 뻔뻔스러운 철면피 위선자와 비교해보니 비디와 조가 얼마나 너그럽고 큰 사람인지 새삼 크게 느낄 수 있게 해준 것이었다. 펌블추크 씨 덕분에 그들은 더욱 빛나는 존재가 되었고, 더욱 즐겁고 기쁜 마음으로 그들에게 갈 수 있었다. 그들에게 가까이 가면 갈수록 내 마음은 점점 평온해졌으며 내 속에 들어있던 오만과 거짓은 점점 더 멀어지는 것 같았다.

6월의 날씨는 상쾌했다. 하늘은 푸르렀으며 종달새들은 초록색 밀밭 위를 힘차게 날아오르고 있었다. 나는 이곳에서 자랐지만 내 고향 풍경이 이렇게 아름답고 평화롭게 느껴진 것은 처음이었다. 이제까지 내가 보았던 그 어느 풍경보다도 아름다웠다. 나는 지혜로 내 앞길을 이끌어줄 반려자, 그녀가 새롭게 변모시킬 내 모습들을 상상하며 감동에 젖어 길을 걸었다. 마치 긴 방랑 생활을 마치고 맨발로 힘겹게 집으로 돌아가는 것 같았다.

이윽고 대장간이 가까워졌다. 나는 조의 망치질 소리를 듣기 위해 귀를 기울였다. 하지만 아무리 대장간에 가까이 가도 망치질 소리는 들리지 않았다. 모든 것이 정적에 싸여 있었다. 대장간도 닫혀 있었다. 불빛도 없었고 쏟아지는 불꽃도 없었으며 풀무질 소리도 들리지 않았다. 모든 게 닫혀 있었고 온통 정적만이 감돌았다.

나는 집 쪽으로 향했다. 응접실에 흰 커튼이 나부끼고 있었다. 창문은 열려 있었고 화사한 꽃들이 창문에 장식되어 있었다. 나는 안을 들여다보려고 조용히 그 방을 향해 나가갔다. 그런데, 그런데, 창문으로 다가가기도 전에 조와 비디가 팔짱을 낀 채 내 앞에 서 있었다.

나를 본 비디는 처음에는 유령이라도 본 것처럼 비명을 질렀다. 하지만 곧바로 내 품에 안겼다. 나는 그녀를 보고 울었고 그녀도 나를 보고 울었다. 그녀가 너무 상큼하고 즐거워 보여서 나는 울었다. 그녀는 내가 너무 초췌하고 창백해 보여서 울었다.

"세상에 비디, 정말 멋지구나!"

"그래, 핍?"

"조, 조도 정말 멋있어."

"그렇지? 친애하는 내 친구, 핍!"

나는 두 사람을 번갈아 바라보았다.

그런데 곧바로 비디가 명랑하게 말했다.

"오늘이 내 결혼식 날이란다. 나는 조와 결혼했어!"

그들은 나를 부엌으로 데려갔다. 나는 옛날 그 나무 탁자 위에 머리를 기댔다. 그러자 조가 조금은 걱정스러운 표정으로 말했다.

"이 친구가 그런 놀라운 소식을 견디기에는 아직 체력이 회복되지 않았나봐, 비디."

"제가 그 생각을 했어야 했는데요. 하지만 사랑하는 조, 난 너무 행복해서 그만……."

두 사람 모두 나를 보고 어찌나 기뻐하고 즐거워하는지 내가 꼭 그들의 결혼식 날을 마련해주기 위해 온 것 같았다.

내게 제일 먼저 든 생각이 무엇이었을까? 다행이라는 생각이었다. 이렇게 좌절되어버린 내 소망을 조에게 발설하지 않은 게 얼마나 천만다행인가! 그가 만약 한 시간만 나와 더 있었더라도 그는 내 소망을 알게 되었을 것이다. 오오, 그렇게 되었다면 그 얼마나 돌이킬 수 없는 일이었겠는가!

나는 진심으로 그들을 축복해주었다.

"사랑하는 비디. 세상에서 제일 훌륭한 남편을 얻었구나. 조는 정말로, 정말로……. 그리고 조, 조도 세상에서 가장 훌륭한 아내를 얻었어. 비디는 조가 마땅히 받아야 할 행복을 갖다 줄 거야. 조, 정말 사랑하는 조. 너무 선량하고 고결한 조!"

조는 입술을 떨며 나를 바라보았다. 그리고 자주 눈가에 옷소매를 갖다 댔다.

"조, 그리고 비디, 두 사람이 이미 교회에 다녀왔고, 서로 긍휼히 여기고 사랑하게 되었으니 이제 두 사람 모두에게 말할게. 두 사람이 이제까지 해준 일들, 내가 변변히 보답도 못한 일들에 대한 내 감사의 마음을 받아줘. 조, 비디, 내가 곧 해외로 나갈 예정이라서 한 시간 내로 떠나야 한다고 해도 나를 용서해줘. 두 사람이 나를 감옥에 보내지 않기 위해 쓴 돈을 내가 열심히 일해서 두 사람에게 보내기 전까지는 내 마음이 편치 않을 거라는 걸 알아줘. 사랑하는 조, 그리고 비디, 내가 그 돈의 천 배를 갚는다 하더라도 단 한 푼도 갚은 것 같은 생각이 안 들 거야. 내가 그런 생각을 할 놈이라고는 생각하지 말아줘."

그들은 내 말에 감동해서 더 이상 아무 말 말아달라고 간청했다.

"하지만 더 해줄 말이 있어. 사랑하는 조, 부디 예쁜 아이들을 가져. 그 꼬마가 이 난롯가에 앉아 조에게 사라진 꼬마 애를 기억나게 해주면 좋겠어. 조, 그 아이에게 사라진 꼬마가 배은망덕했다는 이야기는 하지 말아줘. 비디, 그 아이에게 그 꼬마가 옹졸하고 잘못된 아이였다는 얘기는 하지 말아줘. 그 꼬마는 너무나 착하고 진실한 두 사람을 정말 존경했다는 이야기만 해줘. 그리고 두 사람의 아이니까, 사라진 그 꼬마보다는 훨씬 더 훌륭한 사람이 되는 게 당연하다고 이야기해줘."

조가 말했다.

"나는 그 아이에게 그런 얘기는 절대로 안 할 거다. 비디도 안 할 거야. 아니, 누구도 그런 이야기는 하지 않을 거야."

"두 사람의 따뜻한 마음은 내가 잘 알아. 하지만 두 사람 모두 직접 내게 말해줘. 나를 용서한다고! 부디 두 사람이 그 말 하는 걸 듣게 해줘. 나는 내가 들은 그 용서의 말을 내 속에 지니고 열심히 살아갈 수 있을 거야."

그러자 조가 말했다.

"오, 친애하는 핍, 내 친구. 혹시 내가 자네에게 뭔가 용서할
게 있다면 이미 그렇게 했다는 걸 하느님은 아실 거네."

"아멘, 나 역시 그렇다는 걸 하느님께서 아실 거야." 비디가
그대로 따라했다.

나는 옛 내 방으로 올라가서 잠시 쉰 뒤, 그들과 함께 식사
를 하고 길을 떠났다. 이정표 있는 곳까지 둘이 따라와주었고
우리는 작별 인사를 했다.

나는 내가 가진 모든 것들을 팔아서 돈으로 챙긴 후 해외로
나가 허버트와 합류했다. 내게는 아직 빚이 많이 있었다. 채권
자들은 다행히 내게 빚을 갚기까지 넉넉한 시간을 주었다. 나
는 두 달 안에 클래리커 상사의 사무직원이 되었고 넉 달 안
에 단독 업무를 맡게 되었다. 그리고 그사이 풀 지역 위층에서
끊임없이 발을 쿵쾅거리며 으르렁거리던 소리가 들리지 않게
되었고 허버트와 클라라는 결혼식을 올렸다.

여러 해가 흘렀다. 나는 마침내 클래리커 상사의 동업자 지

위에 올랐다. 나는 빚을 다 갚았고 비디, 조와는 계속 편지를 주고받았다. 내가 회사에서 세 번째 지위에 오르자 비로소 클래리커는 허버트에게 나에 관한 비밀을 털어놓았다. 동업자로서 그런 비밀을 계속 간직하고 있는 게 양심에 찔렸기 때문이라고 했다. 허버트는 감동했다.

나는 우리 회사가 큰 성공을 거두어 거대한 상사가 되었다거나, 떼돈을 벌었다는 식의 상상을 여러분이 하도록 내버려두지는 않겠다. 우리는 거창한 사업을 벌인 것은 아니었지만 제법 좋은 평판을 받고 있었다. 허버트는 언제나 밝고 근면했으며 유능했다. 그런 그를 한때 내가 왜 무능하다고 생각했는지 의아할 정도였다.

그러다가 나는 문득 깨달았다. 그가 실제로 무능했던 것이 아니라 그 무능함은 바로 그때 내 속에 존재했던 것이다.

에필로그

　11년의 세월이 흘렀다. 그동안 나는 조도 비디도 직접 만나지 못했다. 내가 계속 외국에 있었기 때문이었다. 나는 편지를 주고받으며 상상 속에서 그들을 만났다.

　그러던 어느 해 12월 저녁이었다. 나는 그리운 옛 부엌 빗장에 손을 살포시 올려놓고 있었다. 나는 아무도 소리를 듣지 못하게 조심조심 빗장을 열었다. 그리고 몰래 안을 들여다보았다. 부엌 난롯가의 옛 자리에 머리가 약간 세긴 했지만 여전히 힘차고 든든한 모습의 조가 파이프를 입에 물고 앉아 있었다. 그리고 그 안쪽, 내 작은 걸상 위에 바로 내가 앉아 있는 것이 아닌가!

내가 그 또 다른 나의 아이 곁 의자에 앉자 조가 말했다.

"이보게, 친애하는 친구! 우린 자네를 위해 이 아이에게 자네 이름을 주었네. 우리는 이 애가 자네처럼 자라기를 바라고 있어. 실제로 그렇게 되고 있다네."

내 생각도 그랬다.

그날 저녁, 비디는 내게 결혼을 해야 된다고 말했다. 허버트와 클라라도 늘 하던 말이었다. 내가 그녀에게 대답했다.

"난 결혼할 것 같지 않아. 난 허버트와 클라라 집에서 너무 편하게 살고 있어. 난 이미 노총각이야."

비디가 내 손을 잡았다. 결혼반지가 내 손을 눌렀고 그 안에는 꽤 많은 느낌이 들어있는 것 같았다.

"핍, 넌 아직 그 여자 때문에 애를 끓이고 있구나? 맞지?"

"오, 아니야. 그건 절대로 아니야."

"그럼 옛 친구로서 솔직히 말해봐. 그 여자를 깨끗이 잊은 거야?"

"사랑하는 비디, 내 인생에서 깨끗이 잊은 건 아무것도 없어. 하지만 내 가련한 꿈은 깨끗이 사라졌어. 그래, 아주 깨끗

에필로그

155

이 사라졌어."

하지만 말은 그렇게 하면서도 나는 그날 저녁, 지금은 거의 흔적만 남은 미스 해비셤의 부지를 찾아가려는 생각을 하고 있었다. 그렇다. 그것은 에스텔라를 위해서였다.

나는 그녀가 몹시 불행한 삶을 살았다는 이야기를 듣고 있었다. 그녀 남편이 그녀를 잔인하게 학대했고 그녀는 그와 헤어졌다는 이야기를 들었다. 게다가 그가 말을 타다가 사고로 죽었다는 이야기도 들었다.

조의 집에서 이른 저녁 식사를 하고 나는 천천히 옛 미스 해비셤 부지로 향했다. 이세 정원 담장만 남아 있을 뿐 양조상을 비롯해 모든 건물들은 사라지고 없었다. 텅 빈 공터에는 대충 경계를 표시하는 울타리가 쳐져 있을 뿐이었다. 나는 울타리 한쪽 문이 조금 열려 있는 것을 발견하고 문을 열고 안으로 들어갔다.

그날 저녁 차가운 안개가 끼어 있었다. 안개 너머로는 별들이 빛나고 있었고 달이 막 모습을 드러내려 하고 있었다. 나는 그 옛날 내 추억이 서린 곳들을 서서히 둘러보았다. 그리고 옛날의 쓸쓸한 정원 산책로로 눈길을 돌렸다.

그런데 그때였다. 거기 홀로 사람 한 명이 서 있는 것이 보였다. 내가 다가가자 그 사람도 나를 주시하고 있음을 알 수 있었다. 그 사람도 내 쪽으로 다가오다가 걸음을 멈추었다. 더 가까이 가보니 여자라는 것을 알 수 있었다. 그녀가 나를 알아보자 깜짝 놀라 비틀거리더니 내 이름을 입 밖에 냈다. 나는 큰 소리로 외쳤다.

"에스텔라!"

그렇다 그녀였다. 그녀는 대뜸 내게 말했다.

"나, 많이 변했어. 어떻게 그렇게 대뜸 알아보지?"

그녀 말대로 풋풋한 아름다움은 사라지고 없었다. 하지만 그녀는 여전히 매력적이었다. 거기다 내가 예전에는 결코 볼 수 없었던 부드러움이 눈가에 맴돌고 있었고 그녀의 몸짓에 정겨움이 깃들어 있었다. 내가 그녀의 손을 잡자 나는 그 정겨움을 더욱 확실하게 느낄 수 있었다.

우리는 근처의 벤치에 앉았다. 내가 먼저 입을 열었다.

"정말 신기해. 오랜 세월이 지난 후에 우연히 우리 둘이 여기서 이렇게 만났다는 게. 그것도 우리가 처음 만났던 이곳에서. 이곳에 종종 와봤어?"

"그동안 한 번도 와본 적이 없었어."

"나도 처음이야."

달이 떠오르기 시작하고 있었다. 나는 세상을 떠난 매그위치가 하얀 천장을 바라보며 지었던 평온한 표정을 생각했다. 그리고 내가 그에게 마지막 해준 말에 내 손을 지그시 누르던 그의 손길을 생각했다.

우리는 잠시 말없이 있었다. 그녀가 먼저 침묵을 깼다.

"너무나도 자주 돌아오고 싶었어. 하지만 그때마다 올 수 없는 사정들이 생겼어. 오, 불쌍한 내 집!"

떠오르는 달의 빛살들이 그녀의 눈에서 떨어지는 눈물 위에서 빛났다. 그녀가 눈물을 참으려고 애쓰며 말을 계속했다.

"왜 이곳이 이런 꼴이 됐는지 궁금하지? 집 부지는 아직 내 소유야. 그건 내가 끝까지 양도하지 않았어. 그 외의 재산들은 모두 조금씩 내 손을 떠났어. 하지만 흔들리지 않은 채 이것만은 꿋꿋하게 지켜왔어."

"다시 건물을 세울 거야?'

"그렇게 되겠지. 새 건물이 들어서고 모습이 변하기 전에 집터와 작별 인사를 하려고 온 거야. 그런데 너는? 넌 여전히 외국에 있니?"

"그래. 열심히 일하며 살고 있어. 잘해나가고 있어."

그녀가 잠시 뜸을 들이더니 말했다.

"종종 너를 생각했어."

"그래?"

"최근에는 아주 자주. 그 가치도 모르는 채 내가 버린 것들, 그것들을 까맣게 떼어놓고 지낸 세월이 있었지. 하지만 그걸 기억하는 게 바로 내 본분이라는 걸 알게 된 순간부터 내 가슴속으로 그것들이 다시 들어오기 시작했어."

"넌 늘 내 가슴속에 자리를 차지하고 있었어." 내가 그녀에게 대답했다.

"나는 이곳과 작별하면서 너와도 작별 인사를 하게 될 줄은 꿈에도 생각하지 못했어. 그런데 너와 여기서 작별 인사를 할 수 있게 되어서 너무 기뻐."

"에스텔라, 나와 작별하는 게 기쁘다고? 내겐 고통스러운 일인데. 나는 너와의 마지막 작별을 기억할 때마다 늘 슬프고 고통스러웠어."

"넌 그때 말했잖니. 하느님께서 나를 축복해주시고 용서해주시길 바란다고. 그때도 그렇게 말했으니 지금도 그렇게 말해줄 수 있겠지? 나는 고통을 통해 많은 가르침을 얻었어. 그 고통을 통해 그때 네 심정이 어떠했는지도 이해할 수 있게 되었어. 지금 내게 다시 그 이야기를 해줘. 그러면 내게 정말 큰 힘이 될 거야. 나는 휘어지고 부러졌어. 하지만 그때보다 나은 모습이었으면 해. 부디 옛날처럼 착한 마음으로 나를 대해줘. 옛날처럼 깊은 마음으로 나를 헤아려줘. 그리고 우리는 친구라고 말해줘."

그녀가 벤치에서 몸을 일으켰다. 나도 일어나며 그녀에게 몸을 숙이고 말했다.

"우리는 친구야."

그러자 그녀가 말했다.

"아무리 떨어져 살아도 계속 친구일 거고."

나는 그녀의 손을 잡았다. 우리는 그 폐허에서 나왔다. 옛날 내가 처음 대장간을 떠나던 날 그랬던 것처럼 안개가 피어올랐다가 걷히고 있었다. 걷혀가는 안개 속에서 교교한 달빛이 멀리까지 뻗어나가고 있었다. 그 달빛 속에는 그녀와의 그 어떤 이별의 그림자도 없었다.

『위대한 유산』을 찾아서

여러분 복권을 사본 적이 있는가? 많은 사람들이 그렇다고 대답할 것이다. 나도 우연히 복권 판매소가 눈에 띄면 약간 망설이다가 사본 경험이 꽤 있다. '일확천금'이라는 단어는 일반적으로 좋은 대접을 받지 못하지만 사실상 일확천금의 꿈은 누구나 꾼다. 사람이라면 누구나 더 나은 삶을 꿈꾸기 때문이다. 지금의 처지에 만족하지 못하는 게 인간이기 때문이다. 더 나은 삶을 향한 꿈, 그 꿈이 부작용을 낳기도 하지만 사람과 세상을 변화시키는 동력이 되기도 한다.

'더 나은 삶', 좋은 말이다. 한세상 태어났으면 '더 나은 삶'을 꿈꾸며 사는 건 당연하다. 그런데 도대체 어떤 게 진짜 '더 나은 삶'일까? 돈벼락을 맞고 부자가 되는 것? 그리하여 이전에는 감히 엄두도 못 내던 호사를 누리는 것? 전에는 감히 쳐다보지도 못하던 신분의 사람들과 어울리는 것?

　모두 좋은 일이다. 우리는 그런 꿈이 이루어지는 동화를 많이 알고 있다. 그중 대표적인 것이 바로 『신데렐라』다. 어릴 때 우리가 『소공녀』『소공자』라는 동화에 흠뻑 빠져들었던 것도 우리들 속에 '신데렐라의 꿈'이 들어 있기 때문이다. 그 꿈이 점점 커져서 날개를 펴면, 지금의 '나'가 진짜 '나'가 아닐 거야, 내가 있어야 할 곳은 '지금 여기'가 아닐 거야, 라는 생각을 하는 데까지 이른다. 좀 점잖은 표현을 쓰면 '자기 정체성 부정'이다. 너무 그런 꿈에만 젖어 사는 것도 문제지만 아예 그런 꿈조차 없는 삶은 더없이 삭막할 수도 있다.

　『위대한 유산』의 주인공 핍은 그런 의미에서 신데렐라다. 대장장이가 될 수밖에 없는 주어진 운명에서 벗어나 신사가 되겠다는 꿈을 이룬 주인공이다. 게다가 그에게는 그럴 자격도 충분히 있다. 어릴 때 굶주린 탈옥수에게 먹을 것, 마실 것을 갖다 준 선행의 보상으로 행운을 얻은 것이니 흠잡을 것도 없다. 흥부가 제비다리 고쳐주고 팔자를 고친 것과 너무나 비숫하다.

그런데 핍은 흥부와는 달리 자신의 꿈을 이룬 세계에서 그야말로 새로운 삶, 행복한 삶을 누리지 못한다. 거꾸로 가끔 죄의식에 사로잡히기도 한다. 왜일까? 간단하게 말하자. 그가 꿈꾸었던 더 나은 삶이 실은 더 나아진 삶이 아니라 타락한 삶이었기 때문이다. 자신은 더 나은 삶을 살고 있다고 믿었지만 실은 진정으로 중요한 덕목, 가치들을 버리고, 진정으로 소중한 사람들을 배신하고 누리는 삶이었기 때문이다. 결국 그가 누리게 된 것은 '더 나은 삶'이 아니라 '더 못한 삶'이었던 셈이다. 그리고 문득문득 그는 그것을 의식하고 죄의식을 느낀다.

어쩌다 그런 일이 벌어졌던 것일까? 그것을 알아보려면 작품의 핵심적인 단어의 하나인 '신사(gentleman)'가 도대체 무엇을 의미하는지 알아볼 필요가 있다. 공부하는 셈 치고 조금 살펴보기로 하자.

우리는 교양도 있고 예의범절도 바르며 사리분별이 확실한 사람을 보면, '그 사람 참 신사야'라고 말한다. 물론 '그 사람 참 신사야'라는 말 속에는 그 사람의 도덕성과 인격에 대한 평가도 포함되어 있다. 겉모습만 번지르르하거나 돈만 많다고 우리는 그 사람을 신사라고 부르지 않는다.

19세기 영국 빅토리아 시대에 만들어진 '신사'라는 용어는 바로 그런 내적 덕목을 갖춘 이상적인 사람을 지칭하는 용어였다. 프랑스에도 영국의 신사와 비슷한 개념이 있었다. 바로 17세기 고전주의 시대의 '신사(honnête homme)'라는 개념이다. 그러나 17세기 프랑스 고전주의 시대의 '신사'는 영국 빅토리아 시대의 '신사(gentleman)'와는 많이 다르다. 17세기 프랑스의 신사는 귀족계급들이 이상적으로 생각한 인간형이었다. 물론 프랑스 고전주의자들은 그 이상적 인간형을 모든 인간들이 본받고 따라야 할 인간형이라고 믿었지만, 어쨌든 그들은 귀족이었다.

하지만 19세기 영국의 신사는 귀족이 아니라 부르주아 계급이 만든 이상형이었다. 19세기에 이르러 사회의 주역이 귀족에서 부르주아로 바뀌면서 부르주아 계급이 바람직한 자신들의 정체성을 확보하기 위하여 만든 개념이 바로 '신사'였던 것이다. 신사라는 개념은 과거 귀족 계급들이 지니고 있던 자질에 부르주아의 새로운 덕목을 합쳐서 만들어졌다고 보면 된다. 그 부르주아 계급의 가장 중요한 덕목 중의 하나가 바로 성실과 근면이다.

이쯤 되면 우리는 『위대한 유산』에 나오는 신사들이 본래 지향했던 모습과 얼마나 다른지 금방 알 수 있다. 『위대한 유산』의 신사들에는 귀족들이 지향했던 고결함, 부르주아의 덕목이었던 근면함은 사라진 채, 그들의 악덕만 고스란히 남아 있다. 그들에게는 귀족의 사치와 낭비, 부르주아의 속물근성만이 남아 있을 뿐이다. 결국 신사의 기준이 내적인 인간적 성숙은 무시한 채 겉으로 드러나 보이는 재산과 신분, 외양으로 바뀌어버린 것이다. 정신적인 가치는 사라지고 오로지 물질적인 것이 기준이 되면서 벌어진 일이다.

거액의 유산을 물려받고 신사가 되려는 꿈을 실현한 핍이 보여주는 모습은 바로 그 타락한 신사의 모습이다. 그는 거액의 유산을 상속받았다는 그 사실만으로 자신을 우월한 존재라고 생각하기 시작한다. 돈이 자신을 더 나은 존재로 만들어 주었다고 생각한다. 그리고 그는 그가 속해 있던 사회의 사람들, 즉 고향 사람들을 천하고 불쌍하게 여긴다.

그는 그토록 다정하게 지냈던 조가 런던으로 찾아오자, 그의 행동과 말투를 부끄러워하며 그를 냉대한다. 더욱이 고향에 내려가서도 조의 집에 머물지 않는다. 그는 아무런 목적 없이 사교계를 드나들면서 그저 사치와 낭비를 일삼는다. 꼭 복권 당첨이 지상의 목표였던 사람이 복권에 당첨된 것과 같다. 그는 과거의 순진함과 소박함, 진실성을 상실한 채 외양만 중시하는 속물이 되어버린 것이다. 매그위치가 자신에게 은혜를 베푼 사람이라는 것을 알고도 그에게 감사해하기는커녕 혐오감을 느끼는 것은 역시 매그위치의 신분과 외모 때문이다.

한마디로 말하자. 그는 꿈을 이루었다고 말하면서 사실은 꿈을 꿀 가능성을 아예 잃은 것이다. 무슨 가능성을 잃은 것인가? 인간적으로 더 성숙한 사람이 될 수 있는, 더 훌륭한 사람이 될 수 있는 가능성을 잃은 것이다.

꿈을 이루었다고 생각하면서 실은 꿈을 잃은 속물이 되어버린 핍의 모습! 가슴 아프지만 그게 바로 오늘날 우리들의 모습이라는 걸 인정하지 않을 수 없다. "젊은이여, 꿈을 가져라!"라고 우리는 자주 말한다. 그러나 그 꿈의 내용이 무엇인가? 내가 수십 년간 대학에서 들은 학생들의 꿈은 지극히 현실적인 경우가 대부분이었다. 어떤 사람이 되고 싶다는 꿈보다는 무엇이 되고 싶다는 꿈이 대부분이었다.

그 꿈이 쓸모없다고 말하는 게 아니다. 그것만이 진짜 꿈이라고 생각하는 게 문제라는 말을 하고 싶을 뿐이다. 돈과 출세는 사람을 신사로 만들어주지 않는다. 겉모습만 신사로 만들어줄 뿐이다. 신사가 된다는 건 겉만 신사가 된다는 걸 뜻하지 않는다. 신사라는 이름에 걸맞은 사람이 되는 것을 의미한다. 돈과 출세는 그 자체가 목적은 아니다. 이름에 걸맞은 신사가 되기 위한 수단일 뿐이다. 그 수단을 목적으로 착각하는 것은 달을 가리키는데 손가락만 보는 것과 같다.

『위대한 유산』의 핍은 나중에는 손가락 너머 달을 보는 데 성공한다. 진정으로 더 나은 삶이 무엇인지 알고 그것을 꿈꾸는 사람이 된다. 그런데 역설적이게도 자신이 꿈꾸었던 것을 모두 잃은 다음에 그는 진정한 꿈을 갖게 된다. 그리고 그 물질적인 꿈속에 빠져서 냉대했던 것, 하찮게 여겼던 것들의 가치를 재발견한다. 그리고 그런 사람이 되는 것이 그의 목표이자 꿈으로 바뀐다. 그런 덕목들을 실천하면서 사는 사람으로 바뀐다. 그렇다고 그가 과거로 되돌아가는 것은 아니다. 비록 허울뿐이었지만 그는 신사가 되었던 사람이다. 그는 다시 대장장이로 돌아갈 수 없다. 핍은 비디가 진정한 자신의 반려자였음을 깨닫고 평생 함께해달라고 고백하려고 마음먹는다. 하지만 비디는 이제 그의 여자가 될 수 없다. 그녀는 조에게 어울리는 여자이다.

그곳은 이미 그가 속한 세상이 아니다. 그러나 그는 다른 곳, 다른 방향에서 '더 나은 삶'을 살기 위해 노력하고 '더 나은 삶'을 산다. 신사가 되기 위해 노력한다는 것이 아니라 '신사다운 사람'으로 살기 위해 노력한다는 말이다. '더 나은 삶'은 대장장이에서 신사로의 변신에 의해 이루어지는 게 아니라 허울뿐인 신사에서 신사다운 신사가 되려는 노력 자체에 의해 가능해진다. 그 변모는 역설적이게도 그토록 혐오하던 매그위치가 자신보다 훌륭한 사람이라는 깨달음에 의해서 가능해지며 대장장이인 조가 지닌 인간성, 도덕성, 인격에 감동하면서 가능해진다. 그런 의미에서 조는 언제나 '더 나은 삶'을 지향하면서 살던 사람이며, 진정한 의미에서 그의 스승이다. 핍은 조에게서 사람이 지향해야 할 고결한 인간성을 본다. 고결한 인간은 언제나 그 누구에게나 스승이 될 수 있다.

여러분은 은근히 핍이 재산을 다 잃어버리지 않기를 바라면서 이 책을 읽었는가? 그가 물질적 풍요를 여전히 누리면서 좋은 사람이 되기를 은근히 바라면서 이 책을 읽었는가? 아마 그런 사람이 많을 것이다. 실은 나도 그런 사람 중의 하나다. 그렇더라도 그건 우리 잘못이 아니다. 우리들은 모두 물질적 가치에 너무 함몰된 세상에 살고 있기 때문이다. 조를 미련하다며 부끄러워하고 비웃는 세상에 살고 있기 때문이다.

하지만 만일 핍이 자신의 과거를 진정으로 뉘우치는 것을 보고, 조와 비디의 결혼을 축복해주고 어려운 제 길을 가게 되는 것을 보고, 여러분의 가슴이 뜨거워지며 속으로 박수를 보냈다면 여러분은 이미 핍과 함께 '더 나은 삶'을 향한 길에 나설 준비가 된 셈이라고 나는 감히 말할 수 있다. 우리는 그가 모든 것을 다 잃은 것을 안타까워하면서도 그가 깨달음을 얻는 장면에서는 박수를 치고 눈물을 흘린다. 우리 마음속 깊은 곳에 그런 근본적 '선함'이 숨어 있기 때문이다.

찰스 디킨스가 48세 되던 해인 1860년 12월부터 이듬해 8월까지 주간지인 『연중 일지』에 연재되었던 『위대한 유산』

은 출간 당시부터 큰 인기를 얻었으며 찰스 디킨스의 가장 성공작으로 꼽히고 있다. 이 작품은 20여 차례 이상 영화와 텔레비전 드라마로 제작되어 큰 인기를 끌었으며 21세기에 들어와서도 여전히 사람들의 사랑을 받고 있다. 이 작품의 무대는 19세기 빅토리아 시대의 영국이지만, 이 소설속의 인물들, 그들의 행동, 그들 간의 갈등은 지금 우리에게도 너무 친근하기에 가능한 일이다. 우리는 그때보다 더 속물화된 세상에 살고 있으며, 바로 그 때문에 진정으로 '위대한 유산', 즉 물질적 유산이 아니라 정신적 유산, 도덕적 유산을 그리워하고 그것에 감동을 받을 준비가 되어 있기 때문이다.

1812년 영국 남부 포츠머스에서 태어난 찰스 디킨스는 가장 영국적인 작가다. 영국인들이 가장 존경하는 작가는 셰익스피어이고 가장 사랑하는 작가는 찰스 디킨스라고 흔히들 말한다. 찰스 디킨스가 영국인들이 가장 공감하는 이야기를 썼기에 듣는 찬사일 것이다. 찰스 디킨스는 그가 작가로 활동하던 19세기에도 가장 성공한 작가 중 한 명으로 꼽혔고 20세기에도 전 세계 독자들에게 가장 많은 사랑을 받은 작가 중

한 명이며 21세기에 들어서서도 그의 소설을 향한 독자들의 사랑은 식지 않고 있다.

이유는 간단하다. 그의 소설이 재미있기 때문이다. 교훈을 전하는 소설을 쓰더라도 감동과 재미로 읽는 이를 빨아들이기 때문이다. 가장 널리 알려진 그의 작품 중의 하나인『크리스마스 캐럴』을 생각해보면 금방 고개를 끄덕일 수 있을 것이다. 소설이란 궁극적으로 재미있는 이야기라는 사실을 그가 절대로 잊지 않았기에 가능한 일이다.

그의 소설이 오랫동안 널리 사랑받는 또 하나의 이유는 그의 소설 속 이야기가 우리 주변에서 흔히 있을 수 있는 일들로 이루어져 있기 때문이다. 그의 소설에서 사랑을 이야기하더라도 현실과 동떨어진 사랑 이야기가 아니라 현실 속에서 흔히 이루어지는 사랑 이야기가 나올 뿐이다. 그래서 그의 소설을 사실주의 소설이라고들 말한다. 하지만 그의 사실주의는 철저히 영국적 사실주의다. 즉 프랑스의 사실주의와는 아주 다르다. 같은 사실주의면서 둘이 어떻게 다른지 잠깐 공부 좀 하자.

프랑스 사실주의는 있는 현실을 객관적으로 묘사하는 것을 목표로 삼았다. 심지어 플로베르 같은 작가는 인칭이 없는 소설을 쓰려고까지 했다. 프랑스 사실주의는 객관적 묘사를 목표로 했기에 '나'를 아예 지워버리려는 노력을 하는 데까지 간 것이다. 하지만 영국의 사실주의는 다르다. 있는 현실을 객관적으로 묘사하는 게 목적이 아니라, 내가 경험한 현실을 있는 그대로 묘사하는 것이 영국의 사실주의이다. 둘 다 주어진 현실에서 눈을 돌리지 않는 것은 같지만 프랑스 사실주의는 거리를 두고 관찰한 현실을 기록한다. 하지만 영국 사실주의는 현실에 뛰어들어 경험한 것을 기록한다. 영국이 경험주의 철학의 나라라는 것은 바로 그런 뜻이다. 그리고 찰스 디킨스의 소설들은 그런 영국식 사실주의를 대표한다.

25세 되던 해에 『올리버 트위스트』를 잡지에 연재하기 시작하여 큰 호평을 얻은 찰스 디킨스는 37세에 쓴 『데이비드 코퍼필드』 이외에도 『크리스마스 이야기』 『두 도시 이야기』 『위대한 유산』 『작은 도릿』 등 대작을 연달아 발표하며 큰 성공을 거둔다. 프랑스의 빅토르 위고와 함께 생존 시 대문호의 대접을 받은 대표적인 작가라고 할 수 있을 것이다. 소설 창작뿐만 아니라 사교계에서도 총아로 군림하던 그는 왕성함을

넘는 과도하게 역동적인 활동의 부작용 때문인지 1870년 6월 9일, 58세의 나이로 심장마비로 죽었다. 그는 웨스트민스터 사원, 시인묘지에 묻히는 영광을 누렸고 매년 수백만 명이 그의 묘지를 찾고 있다. 일체의 허례허식을 배제한 간소한 장례식을 원했으며 조용한 집 근처 교회에 묻어주길 원한 그였지만 그러기에는 그는 너무 유명하고 큰 사람이 되어 있었다.

큰글자 세계문학컬렉션 22

위대한 유산 2

펴낸날	초판 1쇄 2019년 11월 25일

지은이	찰스 디킨스
편 역	진형준
펴낸이	심만수
펴낸곳	(주)살림출판사
출판등록	1989년 11월 1일 제9-210호

주소	경기도 파주시 광인사길 30
전화	031-955-1350 팩스 031-624-1356
홈페이지	http://www.sallimbooks.com
이메일	book@sallimbooks.com

ISBN	978-89-522-4123-8 04800
	978-89-522-4101-6 04800 (세트)

※ 값은 뒤표지에 있습니다.
※ 잘못 만들어진 책은 구입하신 서점에서 바꾸어 드립니다.

이 도서의 국립중앙도서관 출판시도서목록(CIP)은 서지정보유통지원시스템 홈페이지
(http://seoji.nl.go.kr)와 국가자료공동목록시스템(http://www.nl.go.kr/kolisnet)에서
이용하실 수 있습니다.(CIP제어번호: CIP2019047397)